El fusil para qué

Javier Amaya

ISBN 978-0-9679226-2-1

Diseño gráfico: Helene Bourget
Foto de la portada: archivo particular
Foto del autor en la contraportada:
Archivo Ludeña © 2006
Impresión: Alphagraphics, Seattle
Impreso en los Estados Unidos de América

Página del autor en www.javier-amaya.us
Contacto: javier@u.washington.edu

La Cigarra Editions
P O Box 47433
Seattle WA 98146

La culminación de este libro, fue posible gracias al apoyo
de la Comisión de Artes y Asuntos Culturales de la Ciudad
de Seattle, con el programa 2006 CityArtist Projects.

A mi abuelo Nicolás Amaya, soldado liberal en la guerra de los Mil Días en Colombia, quien arriesgándolo todo repudió a la barbarie.

A José Cervantes, compañeros
y hermano.

Gracias por su apoyo

Javier

Nov 18, 2006

Prólogo

El lector encontrará en esta obra de Javier Amaya, una creación literaria portadora de elementos que se enmarcan en los criterios de género de un relato extenso, pero al analizarla concienzudamente, aparecen materiales que nos conducen a otro contexto escritural; en este campo emerge como una novela corta o breve, juicio que se va verificando a medida que se consumen las páginas.

El texto presenta como temática principal lo social-verosímil, en razón de que refleja la conflictualidad de una guerra civil en el contexto latinoamericano. Por su verosimilitud social, es una creación ficcional que se emparienta con lo testimonial. Lo contado es verificable de una manera u otra, en los países donde ha habido o hay enfrentamientos armados de carácter revolucionario. El autor recurre a una factura de lenguaje directo, y por ello comprensible y sencillo. Narra con precisión condensada y de prisa, valiéndose de una economía en el manejo del lenguaje. Como el material en este tipo de tema es abundante, Javier desdeña el artificio literario y nos lleva de inmediato al centro de la estructura, la cual en un análisis de superficie se nos presenta simple, pero cuando se profundiza aparecen codificaciones complejas a las que sólo es posible acceder si se conoce y se domina el fondo temático.

En la lectura de profundidad que está más allá de la anécdota, se descubre el principal eje narrativo construido mediante la oposición, donde lo bipolar se arma a través de la acumulación que es uno de los elementos que definen y caracterizan a toda novela. No obstante, esto no es lo importante, sino la forma como Amaya maneja los dos opuestos que se centran: de una parte en Tinieblo, que es el personaje central en el rol de representar la intervención del Estado, ante el peligro y las consecuencias que se derivan de la alteración del orden público, a causa de la situación de la acción revolucionaria para derrocar al gobierno en vigencia.

El autor, para poder tallar lo bipolar, y poder crear la otra parte del opuesto, recurre a dos personajes: Ramona y Preciado, que tienen estatutos distintos. En el campo de la verosimilitud, en el plano de la conexión entre imaginación y realidad, Ramona se corporiza, adquiere la talla de la palpabilidad, es aprehensible, sus desempeños ficcionales la convierten en una mujer real de la acción revolucionaria. Aparece como un ser lleno de convicción ideológica, por sus poros suda el idealismo de las décadas del sesenta y del setenta en América Latina. Es un ser cabal, que en su interior bullen fervientemente los ideales que se exigen a los buenos combatientes, por ello asume el papel de dirigente. Por el contrario, Preciado es un combatiente de base y en tal condición su desempeño es el de la obediencia y cumplimiento de las tareas. Tiene la inocencia de la juventud, en él todo es deseo e intención, le basta la voluntad y la razón, es un ferviente de la justicia y su papel está marcado por la motivación y lo emocional, por ello el motor de su compromiso, el anhelo moral.

El autor trabaja varias polisemias que resultan necesarias para cuajar la obra. Algunas de carácter ineludible, como es el hecho de que tanto el pasado y el presente latinoamericano, han sido determinados y condicionados por fuerzas foráneas, que lo somete para beneficio de sus propios intereses. Este rasgo lo encontramos en forma descarnada y directa y no exige esfuerzos de comprensibilidad. Trabajando otra polisemia necesaria en el seno de lo conflictual exacerbado, nos devela el campo de lo económico mediante el negocio de los psicotrópicos, haciendo aflorar parte de esta fenomenología que nos conduce a la novela negra y policial. En el meollo de lo político, en forma bien tasada, nos entrega entre luces y sombras todo lo sórdido y mórbido del engranaje de la lucha por el apoderamiento del poder, aquí todo es posible y todo está permitido. El autor crea una atmósfera contundente, en la cual la dimensión de la acción política se refleja en toda su crudeza, donde ciertos cierzos nos llevan a la Edad Media, recordándonos las decisiones pragmáticas de César Borgia, quien convirtió en jirones el período renacentista naciente.

Tomando la obra en su conjunto, ella puede ser un registro literario del movimiento social actual en contradicción de un país específico de Suramérica, u hojas pretéritas de algunos países centroamericanos. Desde la perspectiva del otro lado del río Grande, la obra de Amaya es una realidad transformada en letras, en razón de que por sus párrafos y frases trasiega la angustia de los pueblos del Sur mirando el horizonte.

Efer Arocha, poeta y editor

París, octubre de 2006

Javier Amaya

Alos once años recién cumplidos, Preciado González tuvo la primera noción de un evento llamado "revolución cubana", a través de unas revistas de historietas firmadas por la Alianza para el Progreso de los Estados Unidos. Los dibujos enseñaban unos barbudos de mal aspecto, vigilando con armas a unas personas macilentas, mujeres y hombres, ancianos y niños, detrás de unos campos alambrados a la intemperie y en medio de una vegetación caribeña y frondosa.

Si la gente de la Alianza para el Progreso lo decía, entonces era cierto. Ellos gozaban de credibilidad entre la gente más pobre de Barrancal, ya que repartían leche, queso y aceite entre los necesitados. En ese entonces, los propagandistas de los Estados Unidos, decían que tales dibujos, eran la representación más fiel del comunismo instalado en Cuba. Un poder bárbaro, que había derrumbado un gobierno aliado, para levantar una inmensa cárcel y someter a toda la población.

A los dieciocho, el muchacho se vio atraído con el otro lado de la propaganda, esta vez venida desde Cuba. Eran unas películas en blanco y negro, que empezaban a ser populares entre los estudiantes, con la canción de fondo de "Guerrillero, guerrillero, guerrillero adelante, adelante," que después supo, pertenecía al himno del movimiento rebelde 26 de Julio de la isla.

En la mente de Preciado, la noción de Cuba dio un giro de ciento ochenta grados y las imágenes mostraban unos barbudos, pero de carne y hueso, junto a un pueblo desarmado y confundido en una sola masa entusiasta, como en una gran fiesta. Se veían cuidando los cielos de La Habana, frente a la inminente amenaza de la invasión que sería luego Playa Girón, cortando caña a pleno sol para cumplir las cuotas de la zafra, alfabetizando a campesinos adultos y abriéndoles el mundo del idioma leído y escrito por primera vez, repartiendo títulos de la reforma agraria, luciendo la construcción de vías y campos deportivos, movilizando médicos, enfermeras y vacunadores, donde jamás el dictador Fulgencio Batista había llegado. Esta era una efervescencia social, en imágenes certeras, cuidadosamente escogidas.

En los corrillos de la escuela secundaria de Preciado y luego en el grupo teatral, los estudiantes empezaban a debatir que lo ocurrido en Cuba, se podía y se debía repetir en toda América Latina, país por país, tarde o temprano. Los fraudes sucesivos en las elecciones, los robos millonarios de las arcas públicas que siempre quedaban impunes y las enormes distancias entre pobres y ricos, contagiaron rápidamente a Preciado de un sentimiento de enojo, que se esparcía entre la juventud como reguero de pólvora: había que hacer la revolución, como en Cuba, como en todas partes.

Al tiempo que se preocupaba de la suerte del continente, le martirizaba que a su edad, pareciera todavía más joven por su baja estatura y su declarada y conocida torpeza para los deportes. No imaginaba, cómo podía ligar románticamente a las muchachas que ya despertaban su atención. Su inseguridad, había contribuido a convertirlo, en un fumador compulsivo desde los diecisiete, cuando podía despachar hasta una cajetilla de cigarrillos por día, siempre que tuviera dinero u otro fumador solidario a su alcance.

La clase de historia universal, resultó la excusa perfecta para tomar posiciones sobre el tema de la revolución, ya que el maestro era el único que permitía y alentaba tales debates en el colegio. El curso de repente, se dividió en dos campos bien definidos a favor y en contra. En la medida que avanzaba el año escolar, los partidarios de la revolución aumentaban como la última moda, denigrando y aislando a los indecisos, escarmentando a los contrarios.

La experiencia caribeña, no tardó en colmar las fantasías de Preciado y como a él a cientos, a miles de jóvenes que soñaban con repetirla exactamente igual en todo el continente. La voluntad y el entusiasmo podían alcanzarlo todo, el heroísmo derrotar las balas, el deseo de quebrar la maquinaria militar del imperialismo. Quién dijo miedo. La revolución estaba a la vuelta de la esquina.

Preciado no estaba solo, experimentando el poderoso y contagioso virus revolucionario por Cuba. Mucha gente joven, grupos armados o que aspiraban a estarlo y casi toda la izquierda, planeaba cada cual a su entender lo que sería la toma del poder y la ampliación continental, del llamado "territorio libre de América" iniciado en la isla.

Aunque Preciado dejaba volar su imaginación con los planes revolucionarios, también sufría los dilemas ideológicos consigo mismo y con los grupos que buscaban reclutar a jóvenes como él para sus fines. En ocasiones, se preguntaba si con un triunfo de la revolución, le obligarían a despedirse para siempre de los Beattles, de la Coca-Cola, o de su amor platónico con ribetes de obsesión sexual por Candice Bergen. La Coca-Cola era negociable, Candice Bergen no lo era. La lealtad a Candice, era algo tan personal, que aunque gringa, seguirla soñando en las revistas era algo íntimo que no se podía negociar.

Con el paso de los años, llegaría a preguntarse por qué le atraía tanto el aire angelical de la actriz y por qué lo de "angelical" estaba asociado con una mujer anglosajona y no de otra apariencia. Cayó en la cuenta luego, que tal vez era el efecto de un lavado de cerebro, por todas las revistas estadounidenses que había leído con devoción, en los primeros años de su adolescencia.

El entusiasmo revolucionario de ahora, motivó a Preciado a cambiar su gusto por otras lecturas y se volcó a devorar cuanto pudiera sobre el tema revolucionario o sobre la isla. Buscó todo lo publicado del Ché, sus diarios y las encendidas e incendiarias revistas de la Tricontinental que rezaban "crear muchos Vietnam" en el mundo, para aniquilar al imperialismo sin remedio y crear el paraíso de los obreros aquí en la tierra.

Con el aumento de su fiebre, comenzó a leer a casi todos los teóricos del terrorismo revolucionario desde Bakunin, pasando por los anarquistas locales, hasta llegar como una revelación a la frase de Mao Tse-Tung, que dice que "el poder nace del fusil". Eso era, si las oligarquías tradicionalmente habían aplastado al pueblo con el poder de las armas, entonces las armas le darían el poder al pueblo y Preciado, igual que sus amigos eran de abajo, eran pobres y humillados. Ellos eran el pueblo, llamados a conquistar el cielo por asalto.

Cuanto más pensaba lo que era un revolucionario, más comparaba esos superhombres y supermujeres con los primeros cristianos, como personas convencidas de un apostolado, listos para el sacrificio hasta ofrendar sus vidas y generosos con su causa y con los demás. Si otros muchachos de su generación, hacían planes para llegar a ser reconocidos en el mundillo mediocre de la alta sociedad, de la envidia y la farsa y tal vez llegar a ser ricos; Preciado creía que su ideal, era el de llegar a ser un revolucionario. Ahí residía la verdadera felicidad y la idea la leyó luego de Marx, para no olvidarla nunca.

Preciado vería cambiar a su país y providencialmente, estaba llamado a hacer parte de ese cambio, que recogerían las páginas de la historia. La madre de Preciado muy angustiada, conociendo ya las lecturas del muchacho y sabiendo lo que le podía ocurrir a los opositores de su país, le increpó duramente:

- Me pareces un irresponsable. Me quieres matar de la angustia, antes de que la policía te mate a ti.

Preciado apenas la miró y le contestó con desgano:

- Usted no entiende madre, usted no entiende.

La madre lejos de entender las minucias de la política, lo que más le preocupaba, era pensar, que un día se encontrara con la noticia que Preciado había desaparecido, o fuese torturado o tal vez asesinado, como era común que pasara con jóvenes de Barrancal y de otras ciudades del país.

Una vez graduado de la secundaria, Preciado se matriculó en la universidad estatal, con el plan de hacerse abogado. El contacto con el primer grupo revolucionario, no tardó demasiado. Un día, después de una manifestación espontánea de estudiantes, en apoyo a unos vecinos que exigían agua potable, aparecieron unos encapuchados, con pistola al cinto, lanzando consignas y repartiendo volantes mientras echaban vivas al "verdadero Marxismo-Leninismo junto a los timoneles Stalin y Mao Tse-Tung" y llamando a apoyar la revolución proletaria. Preciado le dejó sus datos a la única mujer del grupo, diciéndole que quería enterarse más de sus actividades y leer sus manifiestos.

Días después, ella lo contactó dejando ver su verdadera apariencia. Ramona como dijo llamarse, lo abordó al salir de clases de la universidad y luego de presentarse le habló firme, como dando una orden:

- Preciado, vamos a la cafetería. Tenemos que hablar.

Preciado sorprendido, la reconoció por la voz. Se puso lívido, imaginando que estaba armada y que tal vez sus compañeros vestidos como cualquiera, los tuvieran en la mira, sin él poderlos distinguir. Sin decir nada y mientras la recorría rápidamente con la mirada, la siguió hasta una mesa en un rincón de la amplia cafetería en medio del bullicio de estudiantes y profesores. Con un aire autosuficiente y vestida como niña bien, le soltó todo su rollo ideológico en dos horas y varias tazas de café negro, hasta cuando el líquido, empezó a hacer estragos en la úlcera estomacal de Preciado y los encargados de la cafetería, haciéndoles notar que era tarde y que no quedaban clientes, les hicieron señas que se acercaba el tiempo de cerrar.

Ramona no tendría más de veintiuno o veintidós años, tenía pelo claro, llevaba poco maquillaje, parecía una estudiante más y al final de la reunión le dijo:

- Ya le hicimos un trabajo de inteligencia y nos parece, que tiene todas las condiciones para que se integre.

Preciado titubeando, le preguntó:

- ¿Necesita que le responda ya?

Y ella con toda convicción, respondió:

- Claro que sí. La revolución no tiene tiempo para charlatanes y le aseguro que somos muy selectivos. La disyuntiva es, revolución o muerte.

- Entonces estoy con ustedes, le dijo el muchacho.

- Uno de nuestros comandos lo contactará después, le dijo la mujer. - Ni una palabra a nadie. La revolución tampoco tolera los chivatos, dijo en tono amenazante y recogiendo su bolsa desapareció.

Cuando Preciado volvió a su casa ya tarde, fumó en su cama el último cigarrillo que le quedaba, mientras pensaba que no sabía en lo que se había metido. Buscó uno de los dados del abuelo, que guardaba con tanto celo y lo lanzó dos veces. Cuatro y tres son siete, número de suerte. Lo que había comenzado como un juego, ya era una costumbre casi religiosa en momentos de incertidumbre. El abuelo, su héroe, no se equivocaba. Todo saldría bien. Se ilusionó pensando que la revolución en su país, también sería una realidad.

Su lógica era bien simple, pero que él creía muy trascendental. El estado burgués que condenaba a millones a la miseria y la desesperanza, se mantenía en el poder gracias a la obediencia de la guardia y los carabineros. Ese poder, se ejercía a través del engaño, la corrupción y la violencia y frente a la violencia de las minorías, había que oponer la violencia de los revolucionarios para dar al traste con el poder de turno. En las páginas de la historia sabía, que ya se habían podido derrotar, el ejército del Zar y las tropas de Batista en Cuba y más recientemente a la guardia nacional de Somoza en Nicaragua.

Era cuestión de organizarse y hacer parte de esa lucha. Además, por los noticieros nacionales, se daba cuenta de tiroteos, asaltos y combates abiertos entre grupos insurgentes y la guardia nacional en varios puntos del país, de tal manera que no estaban solos. Aunque no había un solo extranjero en esos focos, los sucesivos gobiernos que se hacían elegir con engaños y amenazas, distraían la presión social, diciendo que los actos rebeldes respondían a los planes de la subversión foránea.

Los pobres de los países latinoamericanos, siempre habían sido engañados desde tiempos ancestrales por los políticos de turno, condenados a una vida de miseria y a bajar la cabeza, cuando intentaron reclamar sus derechos. Cuando los pueblos encontraron algún horizonte y se alzaron en rebeldía, los militares vendidos acudieron a dar golpes de estado, apoyados por el imperio del norte, para acosarlos con la bala y la bayoneta, para condenarlos a nuevas décadas de sumisión. No fue el pueblo humilde y trabajador que un día cualquiera, pensó en armarse para derrocar un sistema. Fueron los ricos, los primeros que acudieron al uso de las armas, para seguir cometiendo libremente sus iniquidades.

Para justificar su decisión, Preciado recordaba que su abuelo Nicolás, había sido un soldado rebelde en la última guerra civil en los combates de la sierra occidental, y lamentó que no hubiera podido conocerlo.

Apoyar un grupo armado, en alguna forma, era recoger la bandera de lucha que recibía del abuelo ya fallecido. Era cuestión de honor y no se pensaba echar para atrás. Además a la juventud de su país, se le negaban sus derechos y como siempre se le cerraban las opciones. El sur del continente, infectado como de una epidemia, estaba plagado de dictaduras militares pro-estadounidenses que disparaban, torturaban y desaparecían a su antojo a los militantes de la oposición y donde los jóvenes, ponían una cuota alta de víctimas.

Varios días después, Ramona reapareció en la cafetería de la universidad trayendo unos libros, manuales de instrucciones y explicando su ausencia:

- Hicimos un cambio de planes, compañero. Por motivos de seguridad, usted no será contactado por nadie más. Es lo que llamamos compartimentación, aparte de que estamos muy ocupados. Le aseguro que en estos menesteres, entre menos gente uno conozca mejor. Nunca se sabe, dónde se agazapa el enemigo.

Preciado apenas tomó aire, mirándola con cara de satisfacción y Ramona sin dar una pausa continuó:

- Elija un nombre ficticio, que usaremos de cierto tiempo en adelante. Llévese esta lectura, apréndase la última hoja de instrucciones y quémela cuando la sepa de memoria. Exactamente en cinco días, comenzaremos prácticas de comunicaciones urbanas en los puntos que allí se señalan, entonces usted probará el temple que tiene. Preciado todavía con dudas, se atrevió a preguntar:

- ¿Y usted cree, que yo logre ser un buen revolucionario con mi físico?

A lo que Ramona consolándolo, le aclaró:

- No se preocupe Preciado, los revolucionarios no están hechos con esteroides, están hechos de materia gris.

Mi capitán Arroyo, me citó a relación un lunes como a las cuatro. Sin darle rodeos al asunto, me dijo:

- Tengo el reporte completo con todos los datos. Ustedes entregaron al juzgado dos kilos de evidencia y se embolsaron los otros dieciocho entre los cuatro. Pero eso sí, se aseguraron que no quedaran testigos. Firme aquí su baja, me deja el arma de dotación y su identificación oficial y se me presenta el miércoles en el club deportivo a las nueve de la mañana, para lo que sigue.

Mi capitán me cree un estúpido y se quiere sacar en limpio, como un oficial honorable. Como si no le conociéramos sus negocios de contrabando y extorsión en el mercado, o el caso de las dos muchachas que secuestró en un hotel por tres días y que casi mata con la borrachera y la droga.

El fusil para qué

No le contesté nada y firmé. La división judicial, le había pasado un reporte por separado y ahí se supo todo. Me presenté al otro día pensando, que por culpa de los sapos, iba a salir del club esposado para los cuarteles de los pelones. Resultó todo lo contrario, pues me presentó a mi nuevo jefe. Arroyo despidiéndome, me dijo:

- Usted es un suertudo Ernesto, porque trabajitos como los que va a hacer, no son para policías limpios. De tal manera que si cae, a mi no me pregunten por usted, ni por nada. Lo único que se sabrá, es que le di la baja. No quiero saber, ni tener parte en negocios gruesos, yo a lo mío y nada más.

A todos los colegas sancionados, nos trasladaron a una hacienda cercana, equipada con material de entrenamiento y de diversión, mejor que un casino de oficiales, parecida más bien a un hotel y con vigilancia armada las veinticuatro horas. Luego vinieron los instructores: unos extranjeros junto con un traductor. Mi nuevo jefe, conocido como El Tinieblo, nos dijo al final del día:

- Lo que ustedes van a hacer, es salvar al país de los jueces corruptos que liberan los guerrilleros con el cuento de respetar los derechos humanos y ¿quién respeta los derechos humanos de los soldados de la patria, de la policía? Estamos en guerra y así como los guerrilleros no van a juicio por sus crímenes, nosotros ayudaremos a la guardia, para que tampoco vayan los nuestros. Es cuestión de igualdad.

Sacaremos a los guerrilleros y sus secuaces de las guaridas donde estén, aquí nadie es neutral.

Nadie les va a agradecer sus sacrificios, ni verán medallas, ni condecoraciones públicas. Solamente su pago mensual y si se meten en problemas, nadie de uniforme los conoce, ni responde por ustedes. El que le tiemble la mano, se puede ir por esa puerta y no pasa nada. Los guerreros que se queden, lo hacen por la patria.

Lo de Tinieblo, creo que se debe al rumor, que es un fiel creyente de la magia negra y se dice que negoció su alma con el diablo, que lo ha protegido de problemas y le ha salvado la vida hasta en los peores tiroteos. Eso, aparte de que no hay mujer que se le escape, cuando la pone en la mira.

Durante los dos meses siguientes, nos adiestraron con las tácticas de lo que llamaron, elementos para vencer en "la guerra interna". Se incluían prácticas de infiltración, seguimiento, vigilancia, rastreo e interceptación de comunicaciones. Incluso nos enseñaron a esquivar a los compañeros de uniforme, para evitar ser detenidos y reseñados. La idea, era eliminar certeramente las semillas del comunismo sin dejar rastro. Tendríamos una ventaja, nunca íbamos a detener por mucho tiempo a elementos de la subversión. Quien caiga en nuestras manos, encontraría su final rápidamente.

Nos prometieron, que arreglarían favorablemente los archivos de personal. Saldríamos con honor y figurábamos como oficiales en uso de retiro. Nuestros pagos quincenales los harían en efectivo, ni un papel firmado, ni una moneda de impuestos al gobierno. Vacaciones de dos semanas con todo pagado y visas aprobadas, en sitios como Aruba o Miami.

Tinieblo nos advirtió, al final del primer curso:

- Hacer carrera en este grupo de operaciones especiales, no es complicado. Como en toda fuerza armada, la clave es obedecer sin chistar, ni preguntar lo que a nadie le importa. No hay tiempo para discutir, ni cuestionar las órdenes superiores. No olviden, que estamos en guerra. Ustedes hacen bien su trabajo, se ponen "avispas", reciben su dinero y no hacen preguntas. Alguien pensará que somos mercenarios, porque la paga es buena. Yo simplemente digo, que exponemos el pellejo más que nadie, que nuestros servicios valen oro y que la guerra no se gana, con dar explicaciones a jueces blandengues o corruptos.

De todos los módulos del entrenamiento, el menos aburrido es el de vigilancia y comunicaciones. El de interrogatorio y ablandamiento a veces, me revuelve el estómago, con solo mirar las películas que nos traen. Las mujeres de las películas, parecen llevar la peor parte. Nos han dicho que los videos son de Chile, de Argentina, de Uruguay de

Paraguay y también de Brasil. Yo espero no tener nada que ver, con torturar gente mientras pueda. Parece obra de degenerados y no sé quién se lleva el título de campeón: si los que participaron en los ablandamientos, o los que tuvieron sangre fría para filmar la porquería, como si fuera una película macabra de Hollywood. Mi mecanismo de defensa, es tratar de no pensar mucho en el asunto.

El trabajo se facilita, siempre y cuando, solo despachemos gente desconocida. No quisiera ver a alguien de mi entorno, que acabara como los pobres infelices que aparecen en los videos. Ninguno termina bien y no queda rastro de ellos.

Ramona contactó de nuevo a Preciado, para reafirmarle que sería su entrenadora asignada. Le explicó, que las redes urbanas tenían una estructura simple y que siendo disciplinados, todo funcionaría sin contratiempos. Consistía en grupos de tres, donde solamente una persona de la célula revolucionaria conocía y tenía trato con el contacto de la otra y así se entrelazaba la red indefinidamente. Los guerrilleros urbanos, apenas conocían la gente indispensable y manejaban la información, estrictamente necesaria.

Un posible infiltrado del enemigo, se podía detectar relativamente rápido y de caer preso alguno de los comandos de base, solo ponía en peligro a los otros dos y a nadie más. La red se ajustaba, cambiaba rápidamente las rutas de comunicación y podía seguir operando.

Ramona le explicó a Preciado, que les habían

asignado tres sitios claves de la ciudad para dejar y recoger correo. Sitios aparentemente inconexos, distantes uno de otro y según la muchacha muy importantes: el primero, un bar apodado "La muerte", el segundo, una casa de prostitución propiedad de Mario, el travesti más reconocido de Barrancal y el tercero, el cementerio viejo, llamado así porque era el más antiguo de la ciudad.

Inicialmente, lo más importante era familiarizarse con las entradas y salidas de los tres sitios, sus alrededores, la frecuencia de las patrullas policiales, los días y horas que estaban abiertos; había que traer el dinero necesario para llegar hasta allá y para usar los sitios. Se debían detallar, las personas regulares y hacer un inventario de edificios, vías y otros detalles.

Ramona y Preciado visitaron los sitios, primero por separado y luego prepararon cada uno su reporte, que compararon minuciosamente. Luego empezaron a frecuentar los sitios escogidos, dándose a conocer por la gente del lugar, como una pareja más de las que iba por allí.

Empezaron a practicar con otros grupos de la red, dejando pequeños mensajes en sitios previamente seleccionados en tales lugares como los baños públicos, rincones de difícil acceso o que llamaran muy poco la atención. Habían eliminado las iglesias, que en la época de la dictadura del general Santana, eran un punto obligado de encuentro para los combatientes de la resistencia.

El propósito de intercambiar mensajes, consistía en asegurar que se rotaran entre los grupos, en el menor tiempo posible. Que los papeles doblados, fueran encontrados sin falta y que no cayeran en terceras manos, especialmente, de los aparatos de inteligencia del estado.

Empezaron las visitas al bar "La muerte", nombre muy extraño para un local ruinoso en una esquina, donde solamente se escuchaban tangos y milongas. El dueño, un hombre como de unos sesenta años, seleccionaba unos discos viejos de acetato de un cajón sin marcas y aseguraba que podía encontrar más de cien títulos, sin detenerse a mirar los nombres en las cubiertas.

"La muerte", estaba ubicado entre un barrio malevo y otro de clase media y allí parecían confluir gentes de ambos lados, olvidando cada cual su apariencia, para deleitarse con la música sureña y recordar amores perdidos en el tiempo, pero presentes en la memoria. La mayoría de las veces, el refrigerador del bar estaba descompuesto y la cerveza se servía sin enfriar, un poco más barata.

A Preciado, le gustaba mucho la canción "Cuartito azul" y la pidió en ocasiones, comprobando la destreza del dueño. Las parejas más fogosas, buscaban las mesas menos iluminadas de los rincones, donde pudieran hablar, acariciarse sin llamar la atención y besarse sin ser mirados con insistencia. Los clientes solitarios, los jugadores de cartas y de dominó y los grupos de hombres, se sentaban en las mesas de centro, que eran las más visibles.

Ramona le explicó a Preciado, los objetivos de su visita:

- Cuando estemos aquí, nunca pediremos más de tres cervezas para evitar hacer una embarrada y seguir alertas. Cambiaremos los correos y en hora y media estaremos afuera. Pero es importante, que el dueño y los clientes regulares nos recuerden, en caso que los chulos aparezcan por aquí haciendo preguntas.

Al visitar el cementerio, Ramona le explicó que ese sitio tenía especial valor para sus actividades, porque allí en vez de recoger correo por escrito, aún con los peores cercos militares, podían recogerlo de forma verbal directamente de los guerrilleros de la sierra, al menos una vez por mes. Ellos tenían una ruta de comunicaciones, que pasaba cerca y podían desviarse un poco, cuando fuera necesario. Por lo desolado del lugar y la distancia hasta donde las calles ya están urbanizadas, no se debería ir solo y había que tener especial cuidado, con los ladrones y consumidores de droga, que en ocasiones merodeaban desesperados por ahí.

Para no llamar la atención, siempre deberían comprar flores de muerto para disimular y dejarlas en cualquier tumba.

Al visitar el prostíbulo que contaba con reservados, para quien llevara su pareja, Preciado extrañado se preguntaba, qué iban a hacer allí. Ramona le contestó sin darle todos los detalles:

- Pasaremos aquí la noche, pero nos vamos bien temprano. Compramos una botella de ron para disimular, apenas lo probamos y dejamos el resto. Puedes leer si quieres, no me molesta la luz, ni la música y cada cual en su rincón.

Ramona sacó una pistola y cerrando el seguro, se la entregó a Preciado para familiarizarlo con las armas. Era una "Smith & Wesson" 38 y de cañón corto, parecía nueva. Preciado notó la pistola medio tibia y encendió un cigarrillo, mientras miraba sus detalles. Recordaba que las armas del aparato del estado, estaban para defender a los poderosos, las mafias y sus servidores. Armas como la que tenía en sus manos, derrumbarían el andamiaje imperante y defenderían a los de abajo, para acabar con la opresión y con el engaño.

Ramona interrumpiendo sus pensamientos, le dijo dándose aire de conocedora:

- Debes grabarte dos reglas de oro. La primera, no apuntarla a nadie a menos que decidas disparar

y la segunda, no halar nunca del gatillo aunque
te hayan dicho que está descargada, a menos que
pienses disparar. Puedes salvar la vida de tus
compañeros y la tuya propia, mientras no olvides las
reglas, que al final se reducen a una.

Dejando el arma sobre la mesa de noche,
Preciado se acomodó a leer en una silla junto a la
cama, los nuevos manuales que le llevó Ramona.
El lugar estaba invadido por un penetrante olor
artificial de limón en aerosol, pues ya habían pasado
los tiempos de la veterina. El dependiente trajo
el licor y los vasos por una ventana tan pequeña,
que no se veía su cara y recogiendo el dinero por el
cuarto y el servicio, la cerró discretamente. Ramona
se quitó los zapatos y Preciado notó unos bellos
pies, menudos y delicadamente cuidados. Preciado,
recordó esa foto de la italiana Tina Modotti, que
tanto le gustaba.

Subiendo un poco el volumen de la radio antes
de acostarse a dormir, Ramona le hizo nuevas
aclaraciones:

- Este es el reservado más caro del pueblo,
por estar tan cerca de un exclusivo vecindario de
Barrancal, pero es el mejor para nosotros, porque
en meses no han aparecido los gorilas de la guardia.
Parece que los dueños, pagan una renta por debajo
de la mesa, para impedir esos percances, para que
los hijos de papi y mami no se espanten. Siempre
que vengamos, pediremos el cuarto treinta y cinco.

De no estar disponible, vendremos al día siguiente. Si preguntan por qué el treinta y cinco, decimos que nos trae bonitos recuerdos o por cualquier otra tontería. Como el lugar nunca cierra, los turnos de los dependientes son rotativos y casi nunca coinciden. Siempre pagamos en efectivo para no dejar nombres, ni números de documentos. Cada vez que vengamos, siempre dormimos con ropa, en caso que tengamos que salir de inmediato, para recibir el correo.

Pasada más de una hora, Preciado observó a su compañera de cuarto y se percató, que aunque casi inmóvil y en total silencio, no se había dormido y le preguntó, si alguna vez había visitado ese lugar fuera de las operaciones del grupo.

- La verdad no, dijo sin molestarse. El sexo no debe tener más importancia de la que merece y nunca me he visto tan desesperada. La inmensa mayoría de los que vienen aquí, lo hacen para engañar a sus parejas o porque no tienen donde encontrarse con el permiso de la sociedad. Para mí, el sexo debe ser libre como escribiera Fromm. Libre para darse y también para negarse, sin que sea una carga, ni una contraprestación económica, como sucede con tantas compatriotas dentro y fuera de un matrimonio. El sexo, casi siempre ha servido de herramienta para someter a la mujer y hay que empezar por romper esa atadura. Así lo hemos decidido, mis parejas y yo.

Preciado se quedó pensando unos segundos, "parejas", había dicho "parejas" en plural y decidió no preguntar más. Para el muchacho aspirante a guerrillero, Ramona era la encarnación misma de los ideales, la mujer de ideas modernas, armada y dispuesta a morir por la causa. Hasta podía ser una "comandante", pero él no lo iba averiguar por ahora. No podía sentirse más orgulloso, al haber sido escogido por ella y de alguna manera protegido, por una guerrera lista, para batirse a tiros con los esbirros del régimen.

El ejercicio que nos dio Tinieblo el sábado, me pareció bien divertido. La mitad del equipo de operaciones especiales, fue movilizado a la manifestación de los obreros que echaban consignas contra el gobierno y contra Estados Unidos, demandando aumento salarial. Los carabineros sacaron a las calles a la policía militar, su cuerpo élite, armados hasta los dientes y con la excusa que el evento era ilegal, por estar en estado de excepción. Tres de nosotros, nos pusimos unas gorras deportivas de color blanco y rojo para distinguirnos.

Primero simulamos estar peleándonos por unos volantes y con los primeros manifestantes que se acercaron a separarnos, les entramos a garrote, rompimos unos vidrios y la militar entró con todo, dándonos tiempo a los de gorrita, para correr hasta el carro de escape ya encendido, que nos esperaba un par de cuadras cerca de la plaza.

El fusil para qué

La manifestación fracasó por completo, en menos de media hora. Arrestaron como a treinta manifestantes y a varios de los agitadores profesionales. Llegaron al hospital sangrando y bien blanditos, a causa de los golpes. Les cargaron todos los destrozos y los vidrios rotos de las tiendas afectadas y los carros estacionados.

A un fotógrafo de prensa que andaba cerca, le abrimos su cámara de par en par. Así nos aseguramos que nadie tuviera fotos de nosotros y menos, que cayeran en manos de la subversión. Nunca se sabe, quién se ocultaba detrás de un carné de prensa.

Tinieblo estaba feliz. Hasta nos mandó una caja de licor a nuestras casas. Estoy seguro, que él recibió una felicitación mucho más jugosa de algún pez gordo del gobierno. Por la noche, fuimos a repasar el ejercicio, porque todo fue grabado desde edificios claves y de paso, actualizamos nuestras listas fotográficas de agitadores. No tuvimos novedades importantes y nos dieron también un par de días libres.

Los obreros honrados, solo están preocupados por trabajar, sostener a sus familias y no andar en demostraciones, ni armar broncas. Los pocos que se dejan engañar de los agitadores, terminan pagando las consecuencias. Allá ellos.

Al otro día, la prensa fiel al gobierno, dijo que

la policía militar había tenido que intervenir para impedir una trifulca, generada por grupos rivales extremistas dentro del sindicalismo. Me parece muy gracioso, si pienso que muchos de los que no estaban allí y leyeron la historia, tal vez la creyeron. Eso confirma, que no hay que creer todo lo que se lee. El papel y la tinta, aguantan todo.

Lo cierto es que el gobierno se sacrifica por todo el pueblo, incluyendo a los obreros malagradecidos y la subversión busca pescar en río revuelto, si nosotros no se lo impedimos. ¿Habrá quién, que tenga cinco sentidos aceptaría de buena gana, vivir en uno de los llamados países socialistas que proponen los revoltosos? En esos países, se hacen filas para todo: para comprar la carne, los alimentos, para un vestido y uno no es dueño de nada. La casa, el auto, todo es propiedad del estado. ¿Y los hijos?, ¿la mujer también?

Yo no le encuentro justificación, si a eso le llaman comunismo, entonces abajo el comunismo. Uno debe ser libre, así sea para morirse de hambre.

Como a las cinco de la mañana, Preciado escuchó que Ramona hablaba en voz baja y medió levantó la cabeza, para saber lo que pasaba. La mujer que él ya pensaba era una "comandante", estaba frente a la ventanilla de servicio hablando con un hombre que le advertía:

- Tienen que estar listos, para ejecutar el operativo de iniciación a los nuevos. Ustedes reciben las instrucciones generales, los detalles los resuelven solos de la mejor forma y si necesitan apoyo o distracción, nos tienen que informar con mucha anticipación. Deben moverse con cuidado, asegurándose de dirigir bien a los nuevos, para que no se eche a perder la operación.

- ¿Y qué me dice de Enrique? preguntó Ramona.

-El comandante salió en comisión de varios meses, pero quiere hacer una cita con usted en agosto, le contestó el hombre.

- Muy bien, aquí está la carta y nos vemos en tres semanas.

Preciado fingió seguir durmiendo, mientras Ramona, sentada en el extremo de la cama, leyó varios pliegos escritos a mano. Al terminar, fue hasta el lavamanos y con un encendedor, quemó la carta lavando las cenizas.

Pasadas varias semanas, Ramona y Preciado se encaminaban en un taxi al mismo burdel de la primera vez y faltando poco para llegar, Ramona le dijo al conductor, que los llevara por donde se entraba a los bailes. Preciado recordó, que era la puerta del otro lado del edificio.

- Noté unos autos estacionados que me parecen sospechosos. Aquí te quedas y yo sigo, preguntas por una mujer llamada Gertrudis. Dándole un sobre con dinero, añadió:

- Para ella van diez mil en billetes pequeños y por adelantado.

Al entrar, Preciado vio un enorme salón medianamente iluminado con bombillos de colores, con una especie de pasarela rectangular donde las bailarinas, en turnos de tres discos, se quitaban la ropa. Ellas coqueteaban con los pocos concurrentes, buscando alguno, que las invitara luego a una copa y poder negociar un rato de pasión. Preciado pidió una cerveza y fingiendo ser un conocedor del sitio, dijo que quería ver a Gertrudis.

- Le toca en dos discos, pero ya le avisamos y se acomodó en una mesa cercana a la pasarela. Llegado el turno, una muchacha trigueña y delgada, que no pasaría de dieciocho años, empezó su rutina mirando de frente a cada uno de los clientes y al observar a Preciado, le sonrió tímidamente. Terminada la serie musical, Gertrudis apareció minutos después, ya vestida y en una falda tan corta, que dejaba ver sus encantos de mujer adolescente.

Lo saludó con un beso en la mejilla, como si lo conociera de antes y luego de ordenar dos cervezas, le preguntó por el envío de Ramona. Preciado le entregó los billetes y lleno de preguntas, la miraba mientras percibía el aroma de su perfume.

- No te preocupes, me falta poco para terminar mi jornada y nos podemos ir.

Preciado tomó con prisa otras cervezas y fumó varios cigarrillos para calmar la ansiedad. Se calmó un poco, recordando que antes de salir de su casa, había lanzado el dado del abuelo dos veces. Cayó seis en cada ocasión. Nada saldría mal. Gertrudis bailó una vez más con el resto de las compañeras, resaltando su juventud y atractivo entre todas. Vestida y de vuelta a la mesa le dijo:

- Ahora si matador, nos vamos. No me gusta quedarme aquí, porque me conocen, le dijo Gertrudis, guiñándole un ojo.

Tomaron un taxi y no había cuarto en ninguno de los moteles por horas, finalmente encontraron un sitio más alejado y hablaron un poco, mientras se desnudaban. Ella le contó, que tenía en verdad diecinueve años. Llevaba menos de seis meses en ese oficio, sostenía su familia con lo que ganaba y que unas cuatro veces, había atendido a clientes de Ramona.

- Yo no sé de sus negocios, ni me importa y no hago preguntas. Ramona paga por adelantado y mi compromiso es cuidarlos bien y devolverlos al otro día al Café Rosales, antes de las doce, relajados y contentos.

- ¿Cómo te llamas? Le preguntó ella.

- Preciado dijo él, al tiempo que recordaba, que tal vez debía empezar a usar el nombre de combate.

-Vaya nombre que escogiste, le dijo Gertrudis, en eso nos parecemos ustedes y nosotras, porque nunca usamos el nombre verdadero. Preciado quiso decirle, que ese era su nombre real pero no lo hizo. Se limitó a seguirla en silencio.

- Al segundo cliente que me trajo Ramona, creo

que no le gustaban las mujeres. El pobre tipo, cambió de colores cuando me quité la ropa para ir a la cama y se quedó vestido como llegó, dándome consejos para retirarme de esta vida. Como si los consejos sirvieran de algo, para calmar el hambre. Que si tenía hijos, que si necesitaba ayuda, que buscara un buen hombre y otros cuentos. De cualquier modo, fui buena con él, porque simplemente nos echamos a dormir y no lo delaté con nadie. Lo que contaba era el billete y no tuvimos problema.

Ya eran las nueve de la mañana, cuando Preciado despertó sudoroso y un poco desorientado en los brazos de la muchacha, apenas cubierta por una tanga diminuta. La recorrió con los ojos, la olió sin prisa y cuidando de no despertarla, le descubrió el rostro que tenía medio oculto con su pelo desordenado. Sintió muchas ganas, de hacerla suya otra vez. Al fondo, se escuchaba una canción juvenil mexicana y Gertrudis despertando, miró a Preciado con una sonrisa de picardía.

- Deberías volver a visitarme aunque no te mandara Ramona, le dijo Gertrudis. Te portaste bien. Yo te puedo ayudar a desahogar, todas las veces que quieras y no me importaría si te consigues una novia. Muchas novias, no saben hacer lo que nosotras. Lo piensan demasiado y no salen con nada. Y aunque no lo creas, a pesar de ver desfilar a tanto hombre por mi cama, muchas veces me siento muy sola.

Tienes edad para ser todavía un estudiante y seguramente me encuentras rústica, tal vez muy poca cosa. Vengo de una familia muy pobre y por ahora, no veo otra posibilidad de ganarme la vida.

Preciado se conmovió, mientras la escuchaba. Se limitó a encender un cigarrillo y no supo si lo de Gertrudis era una invitación, una súplica, o ambas. Pasó por su mente, que la muchacha le diría lo mismo a todos sus clientes y le molestaba, sabiéndola compartida infinidad de veces. Se ducharon juntos, prodigándose las últimas caricias y salieron con prisa, para tomar un taxi y separarse luego en el Café Rosales, justo cuando empezaba un torrencial aguacero.

El pidió un café negro y ella sonriéndole, se despidió apretándole la mano. Abriendo una sombrilla, ella desapareció entre la gente que corría para protegerse del agua. Preciado, creyó recordar el calor y el aroma del cuerpo de Gertrudis y le pareció delicioso.

Preciado quedó impactado por la pasión acompañada de ternura, que ella por azar de la vida, le había regalado aquella noche por unos cuantos pesos. Las tres semanas siguientes, Preciado y Gertrudis, se encontraron varias veces para tener sexo en ese motel, casi sin hablarse. Repentinamente y sin avisarle, el muchacho no cumplió a la cita y decidió no volver a comunicarse con ella.

Luego de mucho pensarlo, llegó a la conclusión que lo que sentía por Gertrudis, aparte de pasión, era simplemente agradecimiento. El temía, que ella seguiría atada indefinidamente, a la vida triste del prostíbulo.

Enfrentada con el silencio y el olvido de él, Gertrudis sintió con amargura que otra ilusión también se le volvía pedazos y que su corazón seguiría irremediablemente solo.

El viernes, Tinieblo nos llevó a otra finca de recreo, cerca de la capital. No le faltaba nada. Buen trago, polvo blanco para aspirar, música, cuartos individuales, piscina, salón de billar y otros juegos, sala de conferencias y por la noche, nos trajo hembras de sobra. Yo me entretuve finalmente con dos, que no paraban de reírse. El sábado al mediodía las sacaron a todas y como a las tres de la tarde, nos reunió para soltarnos los detalles de la nueva misión.

Consiste en hacer un seguimiento de veinticuatro horas al senador Fausto Hernández, hijo mayor del difunto presidente de la república Patricio Hernández. Cosa curiosa, como si el gobierno no confiara en él. Fausto ha sido hasta donde sé, el aliado más incondicional de todos los gobiernos, hombre cristiano de rosario y golpes de pecho, devoto entusiasta de la Santísima Virgen de los Milagros y jefe indiscutible de la cofradía de los Portadores del Estandarte del Cirio Bendito en

Barrancal. No se sabe de alguien, que sea más fiel al gobierno que el senador. Yo no sé, qué puedan averiguar que todo mundo no sepa. Alguien dijo, que la intención es protegerlo de un posible infiltrado enemigo, entre su círculo más íntimo.

Le hicimos seguimiento por más de tres meses y Tinieblo exigió que le diéramos el reporte en persona todos los viernes a las diez de la mañana. Como a la segunda semana, al senador le cambiaron la escolta y uno de los nuevos, es un colega de mi confianza, con quien estudié en la academia. Sin confesarle a Tinieblo, dejé de seguirlos, porque era cuestión de citarme con mi cómplice los jueves en la noche y preguntarle a dónde había ido el senador.

De particular, solamente reportamos unas visitas secretas a un prostíbulo muy caro de las afueras y unas reuniones a solas, cada dos o tres semanas con el dueño de unas bodegas de vino. El tipo, es un hombre más joven, coronel retirado, con fama de marica. En las visitas al bodeguero, el senador les daba a sus tres escoltas de a cinco mil en efectivo, para que lo dejaran solo por un par de horas ahí, sin interrumpirlo y lo recogieran puntuales a las diez y media de la noche.

Si alguien comentara en la prensa las visitas, furtivas e injustificadas del senador al coronel, la gente no lo creería y segundo, entre el gobierno y los compradores de publicidad cerrarían el periódico que se atreviera, por chismoso. El senador les dice a sus escoltas, que los premia con dinero por cuidarlo bien y que prefiere quedarse solo para hablar de política con el dueño, que es un fervoroso partidario suyo. El asunto del dinero a los escoltas les resultaba curioso, porque el senador se gasta también su fama de tacaño. Ellos comprobaron la intención del senador de comprar su silencio, un día que visitó al bodeguero acompañado de su hija, les demandó que no se movieran de sus puestos, se tardó veinte minutos y ese día no los invitó ni a un café.

A Tinieblo, yo solamente le reporto las visitas al bodeguero como de interés político para el senador, junto a otras paradas de rutina incluyendo al Club Social Británico, donde el senador practica su inglés desde que llega hasta que sale. Cuando le contamos a Tinieblo, la escena cómica del senador hablando en inglés con un azorado portero, muy contrariado anotó:

- Mire Ernesto, que este país está gobernado por acomplejados. Creemos que todo lo que viene de afuera, necesariamente es mejor. Aquí aterriza cualquier oportunista con un nombre o pinta de extranjero, gringo, o de la China y ya creemos que es mejor que nosotros, más inteligente o con más derechos y lo que es peor, le concedemos privilegios que no merece.

El senador Fausto Hernández, también visita a una tía viejita ya viuda, luego va al Palacio Episcopal donde despacha Monseñor Bagio, quien al parecer aprovecha para confesarlo y va sin falta a la sede política de su partido. Nunca hubiera imaginado el senador, que tiempo más tarde, iría por última vez a ver al bodeguero para no regresar jamás a su casa.

Ramona le dedicó a Preciado un día completo de instrucción, en una de las bibliotecas de la universidad, para explicarle la relación de la guerrilla con el directorio revolucionario 9 de octubre, conocido por todos como el directorio DRO.

El directorio lo dirigen unos veteranos, fieles al dogma marxista como si fueran curas, ninguno menor de setenta años, provenientes de talleres artesanales y agricultores emigrados a la ciudad. Este es el núcleo central del directorio y les gusta proclamarse "vanguardia de la revolución", "vanguardia proletaria" y cosas así. Su lema básico reza "Por la revolución todo se vale" y lo repiten para justificar que apoyan moralmente a la guerrilla en lo que puedan y le prestan auxilio, sin tener que armarse para ayudarlos, al tiempo que buscan con ahínco cualquier posibilidad de hacerse elegir en las asambleas regionales y en la asamblea nacional.

El fusil para qué

Preciado le preguntaba a Ramona, si ese doble juego de apoyar la guerrilla y pedir votos, no era ya públicamente conocido por el gobierno y sus enemigos de clase, a lo que ella contestó que tal vez sí. Lo importante es justificarse, con la esperanza que los líderes del directorio no se convirtieran en blanco de la represión y para que las masas salieran en su defensa, en caso de ser necesario.

En secreto, el directorio confesaba ante un círculo reducido, que por la existencia de varios grupos de guerrilla en el país, tenían roces y discusiones frecuentes con los líderes cubanos. Particularmente, porque el apoyo de Cuba no iba a la guerrilla favorita del directorio, sino a otras guerrillas y los combatientes de otras vertientes lo sabían y lo cobraban caro a los jefes del directorio, tratándolos con desprecio.

En Cuba, parecía que muchos creían ciegamente en la teoría del "foco guerrillero" y cualquier grupo latinoamericano que tuviera osadía por reducido que fuera, era visto como posible vanguardia, para desencadenar una revolución en tierra firme a nivel continental.

Preciado escuchaba con atención y pensaba que si cientos de jóvenes como él, se sumaran a la lucha armada y golpearan con fuerza al gobierno, tal vez ellos ganarían el debido respeto y credibilidad del pueblo y también de los mal informados líderes cubanos.

Tinieblo nos llamó a trabajar un viernes a las cinco de la tarde. Hecho inusual, porque es cuando él se apresta a sus bacanales de fin de semana y nosotros quedamos libres.

Nos esperaba con dos camionetas nuevas, con vidrios polarizados y sin placas, chalecos antibalas, equipo de comunicaciones y pistolas sin serie.

- Aparte de sus labores regulares, vamos a trabajar muchos viernes en los próximos meses, limpiando a Barrancal de la peor escoria que existe en la sociedad, dijo el jefe. - Tómenlo como parte de la práctica.

Salimos como a las diez de la noche, luego de tomarnos unos tragos y darnos algunos pases de polvo. Empezamos recogiendo a los travestis del parque, a quienes les decíamos que les pagaríamos bien, por tener sexo con todo el grupo. Luego le tocó al turno a los ladrones que tenían varias entradas a la cárcel y por último, hicimos lo mismo con unos guerrilleros, que aseguraban ser sindicalistas.

El primer día, Tinieblo nos puso a prueba, con los pobres travestis amarrados y amordazados. Nos entregó a cada uno una pistola preparada por él. Solo una, tenía la bala fatal y las demás, munición de goma. Paraban al pobre travesti a distancia y todos teníamos que apuntar al corazón. Después de disparar armas idénticas, Tinieblo las recogía sin dejar que las examináramos, para que así, nadie supiera quién lo hizo.

Nos hizo señas, para que fuéramos a ver los resultados de su munición americana. Yo no aguanté la náusea, al ver el gesto de los muertos y tuve que correr fuera de la vista de todos. Tinieblo me dijo que me tranquilizara, que no me pusiera blandito como un "huevo tibio". A mis espaldas, me siguió llamando con ese apodo.

Al comienzo, subía la adrenalina y parecía que entrábamos en competencia para parecer ante los demás como el más jodón, el más despiadado. A los tres meses de haber iniciado actividades, cada uno de nosotros hizo lo suyo y les dábamos el tiro en la nuca para no perder tiempo y no llamar la atención con tantas detonaciones.

Tengo el vicio de llevar en mi libreta de notas, las fechas, los números y uno que otro detalle de

estas aventuras. Siento el placer morboso de volver
a leer, no sé por qué. Al ejecutar a los homosexuales,
recuerdo a mi tío, que según dicen, se comportaba
como una niña desde pequeño, pero que siempre
fue bueno y solamente pedía que lo dejaran vivir
su vida en paz. Mi tío no saldría vivo, si éstos lo
llevaran a uno de estos paseos, por ser un viejito tan
notoriamente amanerado.

Para lidiar con la adrenalina, se hizo rutina que
cada viernes, no podía salir a mis rondas sin echarme
unos pases de polvo. Tenía que controlarme. Cuando
estoy bajo el efecto se me espanta el miedo, estoy
sereno y no tengo pensamientos sentimentalistas, no
me importan las familias de estos pendejos, hago mi
trabajo y ya. Con la cocaína, se me va el miedo, un
tiro, un muerto, no es más que eso, parte del trabajo.
Al comienzo nos dábamos el pase individualmente
y en privado, ahora no nos importa si el propio
Tinieblo está presente.

- Para calmar los nervios, le decimos.

Las ejecuciones las hacemos cerca de los
basureros municipales, o del cementerio y en los
lugares más apartados de Barrancal, donde nunca se
aventuraba siquiera una patrulla de policía.

En ocasiones, amarrábamos al tipo a cualquier
sitio fijo y disparábamos en la oscuridad donde
apenas se veían las chispas salir del cañón de las

pistolas. Amordazados, gemían y lloraban y en segundos se ponían queditos, sin hacer el más mínimo ruido.

Había noches que no despachábamos más que a dos, pero llegamos a limpiar hasta seis, cuando la cárcel liberaba los delincuentes reincidentes más indeseables, por no tener espacio. A nosotros nos comunicaban el dato y los ejecutábamos sin demora.

Tinieblo en medio de su aparente sangre fría, tenía sus supersticiones y nos decía, que si les íbamos a quitar algo de valor como dinero o joyas, lo hiciéramos antes de despacharlos al otro mundo y no después.

- Ustedes no se imaginan el olor a muerto, que se pega en todo, después de dos horas, decía.

A veces pienso, que los infelices se cavan su propia tumba y no me alegra por sus familias, pero también creo que la sociedad está más tranquila y segura, eliminando esa basura, que robaría y acuchillaría a la propia madre o a mí mismo por un peso.

También copiamos volantes de la guerrilla y los dejamos cerca de los cuerpos para despistar y para que la prensa gaste tinta, adjudicándoles las muertes a ellos o a los "ajustes de cuentas." En otras ocasiones con más tiempo, inventamos nombres de guerrillas que no existen, para aterrorizar la gente.

Siempre surte efecto y para hacer la parodia más creíble, los vestimos de ropa camuflada, les dejamos una pistola robada con munición nuestra.

Lo absurdo, es que en este país supuestamente, no existe la pena de muerte para la cloaca de la sociedad y aquí estamos nosotros haciendo de fiscales, jueces, limpiadores y verdugos. Si nos acusaran de algo, Tinieblo tendría que responder por nosotros y por encima de él, alguna cabeza grande en el gobierno. Las armas y los gastos deben salir de alguna parte muy alta, me imagino. Tinieblo no tiene un corazón tan generoso, como para pagar los gastos de nadie, que no sean los suyos.

El evento de iniciación de que había escuchado Preciado, quien ahora se llamaba Martín Villegas entre las filas de la guerrilla urbana, se aproximaba. Se trataba de hacer, lo que los comandantes llamaron una "ocupación" de dinero en un gran supermercado. A Martín, le pareció simplemente un vulgar atraco propio de los peores maleantes, pero Ramona se apresuró a explicarle que los dueños pagaban mal a sus empleados, que en la última escasez de azúcar, habían especulado con los precios y que además eran amigos cercanos de los partidos políticos que apoyaban al gobierno. En conclusión, ellos representaban los "enemigos de clase" y despojarlos, representaba un heroico acto revolucionario que debía llevarse a cabo para probar las convicciones y demostrar, que las palabras estaban respaldadas por los hechos. Además, vendrían otras oportunidades de enfrentar las tropas enemigas en mayor número y eso sí iba requerir valentía.

El fusil para qué

Un poco a regañadientes, Martín se aprestó a participar en la "ocupación" del dinero enemigo. Lanzó el dado del abuelo como en cada ocasión que creía importante y tuvo una muy mala espina, primero cayó uno y luego un dos. Quedó desconcertado. Todavía no entendía, qué tenía que ver un atraco con las lecturas de épica y heroísmo revolucionario de todos los autores marxistas que había leído. ¿Acaso Marx, Lenin o Mao tenían alguna teoría sobre el "atraco revolucionario", o el papel de los bancos, en otro sitio que no fuera "El Capital" de Marx?

Los días sábados, luego de una minuciosa vigilancia, comprobaron que el transporte de valores que recogía el dinero del supermercado, en vez de llegar a las nueve de la mañana como ocurría el resto de semana, no llegaba sino hasta el mediodía. El comando, entonces debía planear la operación mucho antes de esa hora.

Varias veces, habían presenciado la recolección del dinero, la hora de llegada y partida, el número total de vigilantes del supermercado y los del camión de valores. Prepararon la operación, hicieron un mapa y recorrieron varias veces las calles aledañas, sincronizaron los relojes, limpiaron las armas y alistaron el auto para escapar. El día señalado, vaciaron sus bolsillos de cualquier documento de identidad por si ocurría algo y notificaron a los jefes medios de la guerrilla lo que se proponían, para financiar con lo que recuperaran, una compra urgente de armas.

Sabían que una gran cantidad de dinero en efectivo, era mantenida en unas bolsas de lona. Ramona dividió el grupo. Entre los nuevos estaba Martín y otro hombre mayor llamado Edmundo, de rasgos indígenas, piel cobriza, que siempre contestaba con una sonrisa por igual, cuando quería decir si y también cuando quería decir que no.

Ramona y Martín se quedaron afuera. Edmundo y otros dos compañeros ingresaron al supermercado cubiertos con pasamontañas y desenfundando las pistolas desarmaron al único vigilante que vieron y apuntando contra dos de los empleados a cargo del dinero, dijeron:

- Esto es un asalto. Entreguen la plata.

En cuestión de segundos, un tercer hombre que salía desde atrás del mostrador, salió disparando y gritando:

- Para ustedes no hay nada, ! ladrones hijos de puta ¡ mientras Edmundo caía arrodillado y luego se derrumbaba con el costado perforado, los otros dos, reaccionaron haciendo un tiro o dos para recoger al herido. A toda carrera, buscaron la puerta de salida donde Ramona y Martín con sus pistolas ya en mano, miraban a todos lados corriendo a la camioneta en marcha, que los esperaba.

El fusil para qué

Cinco minutos después, se separaron en dos grupos. Un grupo quedó a pie y los demás en la camioneta con el herido. Edmundo quitándose el pasamontañas, les demandó a Ramona y Martín que lo llevaran a su casa.

- ¿Qué tan grave es, compañero? preguntó Ramona.

- Nada que no pueda arreglar en mi casa. Déjenme ahí y váyanse compas, respondió Edmundo.

- Le vamos a traer un médico cuanto antes, le dijo Ramona a Edmundo que se desangraba, y apenas auxiliado por su familia, expiró tres horas después, negándose a ir un hospital porque seguro, sería intervenido para luego ser torturado y poner a toda la red en peligro. Fue demasiado tarde, cuando un médico amigo de la guerrilla, finalmente llegó a la casa.

Para Martín, el golpe moral de esa muerte, era demasiado fuerte. Edmundo era padre de familia y el soporte fundamental de sus hijos, casi contemporáneos con él. No pudieron robar un solo centavo a los "enemigos de clase" y nadie en la célula guerrillera, anticipó la sorpresiva respuesta de uno de los dueños. No habían hecho preparativos de emergencia y nunca anticiparon, que podían necesitar un médico. Como nadie reconoció a los miembros del grupo, el intento de asalto fue adjudicado a delincuentes comunes, pero la furia

54

de los comandantes guerrilleros, no se hizo esperar
y Ramona debía ir hasta la sierra a explicar todo
el incidente. La tarea no iba a ser fácil, porque a
Edmundo lo había reclutado la guerrilla, siendo él un
convencido militante legal del directorio.

La familia de Edmundo decepcionada de
la guerrilla, organizó unos discretos funerales y
enfrentó la tarea de explicar entre sus vecinos, que
su papá había sufrido una aparatosa caída reparando
unos techos y se había desangrado hasta la muerte
por falta de seguro médico, versión que muchos
creyeron, pero unos cuantos no.

Los únicos que aparecieron al funeral, fueron
unos pocos jefes del directorio, que se enteraron
por fin de lo sucedido y a la guerrilla se le ordenó no
asistir, para evitar ser relacionados con su muerte y
el fallido intento de asalto.

Tinieblo nos concedió una semana completa de vacaciones y mandó reemplazos para las tareas habituales. Nos llevó luego a la hacienda de Don Emilio Marulanda, rico hacendado, ganadero de la región, traficante de cocaína y ferviente partidario del gobierno.

Don Emilio tiene más escoltas armados, que los políticos mejor custodiados de Barrancal. Están dotados de armamento moderno y en perfecto estado. Parece que tiene excelentes relaciones, con gente de la guardia nacional, porque hace lo que le da la gana. Nos convidó a degustar de sus manjares importados y por último, nos presentó a sus jefes de seguridad para posibles operaciones conjuntas. Nos dice, que ellos como hombres de negocios y nosotros, como garrote de la subversión, somos aliados naturales para combatir un mismo enemigo.

La peor plaga de la que había que curarse, según

Don Emilio, son los secuestradores, fueran guerrilla
o ladrones de la calle. Nos dijo que pidiéramos a
sus sirvientes lo que quisiéramos y que si alguno
de nosotros se aburría de trabajar con el estado,
podíamos ir a trabajar con él con mejores garantías.
Tuvimos una fiesta con mujeres diferentes todos los
días, comida, bebida y polvo blanco sin límite. Esta
es la vida que uno se merece. Sin preocuparse de
nada, bien cuidados, alimentados y teniendo sexo, el
que quisiéramos.

El último día, nos despidió con sobres llenos de
billetes para cada uno y polvo suficiente para otras
fiestas. Yo estoy pensando en comprarme una casa de
campo cerca de Barrancal, para cuando llegue a viejo
y me retire algún día.

La casa de Don Emilio, parece que solamente la
usan para esta clase de fiestas, nunca hay niños y la
familia inmediata jamás viene por acá. Hasta dicen,
que la esposa de Don Emilio ni siquiera sospecha
que la casa existe y menos qué clase de personas se
reúnen con su marido. Don Emilio nos dijo, que si
alguna vez nos necesitaba para algún favor extra,
quería contar con nosotros. También nos dijo que
su yerno Fabio, quería probar suerte en la política
de Barrancal y al ayudar al yerno, también lo
ayudábamos a él y que siempre recordaría los favores
de los buenos amigos.

Es lo que disfruto de mi nuevo trabajo,
especialmente cuando a uno lo aprecian por lo

que puede hacer y sin tacañería, hasta me siento importante para estos jefazos tan generosos. En mi empleo anterior, siempre que hacíamos algún trabajito por fuera para ganarnos unos pesos de más, todos acechaban la mercancía como carroñeros por la presa.

Don Emilio tiene muchas haciendas, inversiones, ganado, avión privado, cultivos legales y se dice que tiene socios riquísimos para exportar cocaína a Estados Unidos y Europa. Parece que Fabio, su yerno aspirante a político es quien da la cara en ese negocio, protegiendo así la imagen de Don Emilio, quien confía ciegamente en él y solo está pendiente de ver sus depósitos bancarios crecer con cada embarque.

En mi libreta, escribí sitios, nombres y datos. También hice un dibujo, explicando quién trabaja para quién.

Por órdenes de los comandantes de la
organización, Ramona debía presentarse en el
transcurso de una semana y llevó a Martín, para que
sirviera de testigo al hacer los respectivos descargos
por el fracaso de la operación en el supermercado.
Le habían advertido, que incluso varios jefes del
directorio DRO, la señalaba como directamente
responsable de algunos allanamientos de la guardia
nacional a sus sedes políticas y de la confiscación
abusiva de su propaganda, además de varias
detenciones arbitrarias. Aunque el directorio no
justificaba los actos de la guerrilla urbana, la guardia
de forma indirecta, quería comprometerlos.

El planeado viaje coincidió con unas vacaciones
de mitad de curso en la universidad, de manera
que Martín simplemente le dijo a la madre que se
iba de excursión. Luego de tres días en autobús
por unos caminos polvorientos, Ramona y Martín
llegaron donde terminaban las montañas andinas y
comenzaba la selva.

El fusil para qué

Cruzaron sin mayores inconvenientes dos
retenes de la guardia rural, que se limitaba a exigir
la presentación del documento nacional de identidad
y requisar buscando armas. Con mucha suerte y por
algún motivo, la apariencia citadina de Ramona y
Martín, no llamó la atención de la guardia, en unos
buses atestados de campesinos y animales de corral.

Al cabo de los tres días, encontraron su guía en
San Andrés de los Justos, un caserío rodeado por
barro siempre húmedo, con viviendas en ruinas,
sin electricidad y casi sin teléfonos, ubicado al
lado de un caudaloso afluente del mismo nombre
que desemboca en el Amazonas. Pasaron la noche
en una casa de una familia campesina y muy
temprano, antes de aclarar, emprendieron el viaje
río arriba. Primero se embarcaron en una canoa
con motor, durante cuatro horas, hasta llegar a un
desembarcadero solitario, hasta que llegó otro guía
con tres caballos, para lo que parecía la jornada
final. Los guías apenas saludaban a Ramona a quien
reconocían, pero escasamente cruzaban palabra con
ella durante el recorrido.

Las aguas del río San Andrés estaban siempre
turbias, con un característico color café espeso, que
nunca permitía ver el fondo. Las tortugas de río
que se posaban en los troncos cerca de la orilla, se
lanzaban presurosamente al agua, al aproximarse la
canoa. Algunos pájaros alzaban vuelo y las garzas,
tal vez más acostumbradas al ruido del motor,
levantaban sus cabezas brevemente, para seguir

escarbando las orillas buscando comida.

Ramona parecía tensa por las acusaciones que enfrentaría, pero no revelaba señal de cansancio, dando la sensación de estar familiarizada con esa rutina. Para Martín, todo era nuevo y excitante, el paisaje y la situación y hasta olvidaba los peligros de perder la vida, si se encontraran a la guardia nacional y supieran quiénes eran sus acompañantes y el propósito del viaje.

Cabalgaron por horas, apenas tomando breves descansos, por unos caminos donde las pobres bestias tenían que ser ayudadas por el guía para desenterrarse del lodo, que se tornaba como una pasta pegajosa, que parecía no tener fondo. La lluvia los azotó sin tregua durante toda la cabalgata y ya al atardecer, amainó con desgano, para dar paso a un sol tenue que ya se despedía.

Hallaron una casa medio oculta en la selva, que sin duda era el hogar de los caballos, porque instintivamente y sin necesidad de dirigirlos, buscaron el establo donde los esperaba el alimento y el merecido descanso.

Quien parecía ser el dueño, los ayudó a apearse y recibió los maletines con la ropa empapada de Ramona y Martín. Los invitó a un café caliente, mientras caminaban para estirar las piernas por los cuartos de almacenamiento de maíz y otros cultivos que llegaban hasta el techo y los presentó con su

esposa y dos hijos pequeños, que miraban a distancia
a los recién llegados.

Dejando la casa y el último guía atrás, caminaron
a pie otros veinte minutos dentro de los predios de la
finca, encabezados por el nuevo acompañante, éste
más expresivo, hasta casi encontrarse a boca de jarro
con un campesino de rasgos indígenas, quemado
por el sol, en traje de camuflado militar y armado
con una poderosa ametralladora alemana G3, quien
ofreciendo su mano para saludar, dijo sonriendo:

- Bienvenidos compañeros.

El campamento estaba convenientemente
ubicado a lado y lado de un arroyo de agua cristalina,
que descendía de las montañas buscando el río San
Andrés. Estaba flanqueado por árboles altísimos,
en un sitio alejado de la vivienda del hombre, que
figuraba como ocupante de la finca. El techo de un
trapiche que ya no se usaba, le daba abrigo seguro
contra la lluvia, a los comandantes, el armamento y al
rancho de todos los combatientes.

Separados apenas por unos metros, se esparcían
las carpas individuales de los guerrilleros que
montaban y desmontaban todos los días, como
si fueran a partir para otro sitio en cualquier
momento, para cambiar de idea al atardecer y
volver a instalarlas exactamente en el mismo lugar.
Ramona le explicaba a Martín, que a diferencia de los
luchadores de la ciudad, las columnas rurales, debían

estar prestas para partir en cualquier momento y que la movilidad representaba para ellos, asunto de vida o de muerte.

Los comandantes del grupo, estaban fuera del campamento a la llegada de Ramona y Martín, dando tiempo a los recién llegados de descansar del largo viaje y poder recuperarse. Para sorpresa de Martín, recibieron de inmediato armas cortas y medianas, que ya no los diferenciaba del resto de los combatientes que allí acampaban.

- En un campamento así, un guerrillero desarmado, es guerrillero muerto. Si la guardia nacional nos tomara por sorpresa, ellos no diferenciarían quién vive aquí y quién viene de visita. Nos encenderían a plomo por igual, dijo Ramona.

La mayoría de los guerrilleros con pocas excepciones, eran jóvenes de origen campesino e indígena, desde los diecisiete años en adelante y algunos no sabían leer ni escribir. El segundo día, fueron en grupo a un cañón profundo donde una ruidosa cascada disimulaba las detonaciones en las prácticas de polígono. Martín aunque sin ser buen tirador, disfrutó enormemente practicar con las pistolas y con el fusil.

Le enseñaron a disparar con un fusil viejo, pero muy bien conservado. Tirado completamente en el suelo, apoyaba la culata del fusil contra el hombro derecho. Con la mano tiraba del seguro y abría el orificio donde colocaba la bala, cerraba el seguro, miraba encuadrando la guía y el objetivo y aguantando la respiración por un segundo, disparaba. No sentía el transcurrir del tiempo, hasta que el instructor guerrillero, les indicaba que ya debían recoger todo y volver al día siguiente.

¡Esta es una UZI!, ¡aquél un Galil!, con ésta FA se puede derribar un helicóptero si desciende lo suficiente...Martín le tomó todavía más pasión a las armas y aprendía a diferenciar los calibres, las marcas, los países fabricantes.

Había también en el campamento un niño como de diez años, el único ser humano que no portaba armas, pero que seguía casi al pie de la letra la misma disciplina de los demás, desde levantarse muy temprano, hacer ejercicios y asearse, lavar sus ropas, aprender a limpiar las armas, hacer formación, ayudar a labores menores de la cocina y retirarse a dormir como el resto.

El niño le comentaba a Martín, que había huido de la violencia en un confuso hecho donde su tío-guerrillero quien lo cuidaba, había muerto a manos de la tropa del gobierno, luego que el padre biológico del niño lo había delatado. Frente a tan complicado dilema, el niño había tomado partido a favor de la guerrilla que lo acogió y juraba venganza contra el soplón del papá. Aunque tenía libertad de marcharse a la ciudad y buscar otros horizontes, el niño no conocía otra familia que la guerrilla y solamente esperaba crecer, para tener el honor de empuñar un arma y convertirse en un combatiente por la revolución continental.

Martín se impresionó mucho con el caso y hasta pensó que el niño en verdad, estaría mejor en una escuela y que si su convicción era hacerse revolucionario, deberían esperar a que madurara, antes de aceptar su ingreso a la guerrilla, en una selva llena de peligros y combates cada vez más frecuentes, con la guardia nacional.

Martín recordó lo que había dicho Ramona sobre estar desarmado y le pareció triste, que en caso de una emboscada de la guardia, el primer muerto sin posibilidades de defensa, iba a ser el niño adoptado por la guerrilla. A partir de allí, Martín sería un obsesionado con las armas, largas o cortas dependiendo del caso. Por mucho tiempo, no se sentiría tranquilo en la ciudad o la selva, ni a la hora de usar el baño, de no tener un arma al alcance de su mano. Primero le podían faltar los cigarrillos, pensaba.

Otro caso no menos complicado de entender, era el del encargado de la guardia del campamento, responsable de asignar los turnos, las señales, las comunicaciones y las horas de relevo. En un día de descanso, éste le enseñó a Martín, la foto de su hermano en uniforme de carabinero y reconocía el peligro inminente que ambos tenían de morir por la situación de guerra. Lo único que lo consolaba, era que su hermano policía servía para el gobierno en el norte del país y el guerrillero luchaba en el sur.

Las labores de la cocina del campamento junto con la guardia, aunque rotativas, eran las más dispendiosas, pues daban menos oportunidad de dormir y descansar bien a quien las hiciera. Los cocineros eran los primeros en ponerse en movimiento, mucho antes del amanecer y casi los últimos en irse a dormir. Aparte de los productos propios del campo, almacenaban otros comestibles esenciales que debían comprar en los pueblos, como harina de maíz, el azúcar, el café molido, el aceite y la sal. La guardia nacional lo sabía y en más de una ocasión arrestó y asesinó campesinos, que trajeran cualquier cantidad de alimentos, que a juicio de los gendarmes iban para la guerrilla. Fuera o no verdad.

Al cuarto día, llegaron tres guerrilleros con casi media vaca descuartizada. La cabeza, patas y órganos vitales los habían dejado con el finquero que aparecía como el dueño. El resto de la carne, la llevaban al campamento para prepararla. En un par de horas, la carne de la vaca quedó convertida en tiras muy delgadas que empezaron a colgar de las ramas de un árbol. El sol y las brasas de una fogata, al pie del árbol redujeron el volumen de la carne, hasta secarla.

A Martín, le explicaron que en una larga exploración por territorio desconocido donde no pudieran cocinar, o en medio de combates de varios días con la guardia nacional, la carne seca se convertiría en el único alivio para calmar el hambre. Al estar seca, la carne era más liviana para llevar en los morrales y los insectos no la perseguían con tanta insistencia como cuando estaba fresca. Cuando podían cocinar, los guerrilleros podían preparar sopa de carne con la acostumbrada harina de maíz o freírla en aceite y todavía conservaba mucho de su sabor.

Un aspecto que llamó la atención de Martín, es que en el equipo de campaña de cada guerrillero, se notaba la fatiga estomacal generalizada, que se creía era por el estado de nervios, ya que casi todos los combatientes, portaban junto a la munición, un frasco plástico de color verde, conocido con el nombre gringo de Mylanta. Días después, Martín recibió su propio frasco.

Al anochecer, Martín se fumó tres cigarrillos tirado en una hamaca y de paso, trataba de espantar a los mosquitos hambrientos de sangre. Los insectos de la selva, parecían siempre tan insaciables, que se ensañaron con Martín más de una vez, picándolo por encima de la ropa.

Los tiempos de juerga y buena vida, de pronto se vieron interrumpidos por una cadena de amenazas con bombas de la subversión, en contra de la tranquilidad de Barrancal y otras ciudades del país. Algunas amenazas las cumplían y otras no. Nadie en el grupo de operaciones especiales, tuvo pistas previas, ni tiempo suficiente para rastrear los números de teléfono y encontrar sus madrigueras para impedirlo.

Las embajadas, las oficinas de los ministerios, las estaciones de policía y hasta las sedes comerciales de empresas extranjeras, se convirtieron en los objetivos predilectos de estos cobardes. Hubo incendios menores, destrozos y algunos heridos casi simultáneamente.

Las patrullas de uniforme, se vieron copadas por la cantidad de llamadas de amenaza y por los sitios tan distantes, para intentar cubrirlos todos. Aunque nosotros, casi nunca hacemos operaciones de orden público, nos llamaron por el evidente sello terrorista de quienes colocan las bombas o hacen las llamadas.

La mayoría de las veces, todo lo que encontrábamos fueron bombas incendiarias hechas en la casa, como las que abundaban en los últimos años de gobierno, de mi general Santana. En otras ocasiones, fueron petardos activados con pólvora de bajo poder, que estallaban y esparcían pasquines políticos desde las azoteas de los edificios. Yo nunca tuve que hacer vigilancia en el tiempo de mi general, pues recién ingresaba al colegio militar, pero escuché muchas de esas bombas, bien cerca.

A un familiar de Tinieblo, lo fulminó una de esas bombas y su compañero de guardia perdió una mano, cuando trataban de impedir un incendio en uno de los ministerios.

Tinieblo llegó a la conclusión que las llamadas de amenaza de estos desgraciados, se hacen desde teléfonos públicos y no desde teléfonos residenciales para impedir ser detectados. Para tratar de identificar la cabeza o la cola del monstruo terrorista, Tinieblo dijo, que empezaríamos a usar un equipo sofisticado muy caro y que seguramente nos ayudaría a identificar siquiera a uno de ellos, que nos pueda conducir a los demás.

Hasta llegó un ingeniero extranjero que ganaba en dólares, para entrenarnos en el uso del equipo de rastreo. Ayer, cubrí una zona cerca de los ministerios y supuestamente no fallaría. Coincidencialmente nos informaron por radio, de una posible sospechosa haciendo una de estas llamadas. Llegué hasta allí, en cuestión de minutos.

El equipo no sirve. La persona que encontré parada usando el teléfono público supuestamente detectado, era Marcela Vallejo. Una compañera de estudios de mi hermana, que me reconoció y me saludó sorprendida. Con la excusa de no haberla visto en mucho tiempo, le pedí su número de teléfono, para invitarla a una copa. Al contrario de las viejas que nos consigue Tinieblo, o las viciosas que vienen a la casa de Don Emilio, ésta muchacha parece limpia, no mete drogas seguramente y tiene además unas caderas de ensueño.

Para evitarle interrogatorios y sospechas a ella y por ende a mi propia hermana, le dije a Tinieblo que no había encontrado a nadie. El va a defender la eficiencia del equipo y acusaría la muchacha con solo mencionarla. Tinieblo repite, que prefiere condenar a diez inocentes, antes que liberar un culpable.

Lo único que escribí en mi libreta hoy, fue el teléfono de la caderona y la palabra LLAMAR.

Javier Amaya

Entre la gente del campamento, Martín hizo amistad con el jefe de la cocina, también de origen campesino, no mayor de treinta años, delgado, ágil y de aspecto alegre, quien soltaba unas carcajadas estruendosas, con mucha facilidad.

Jacinto, en los descansos como cocinero y para estar ocupado, sacaba de sus bolsillos un cuaderno y tomaba apuntes, mientras hervía la sopa diaria de harina de maíz con plátano y papa, preparaba el arroz o colaba el café. Los ayudantes de Jacinto, haciendo un círculo le pedían que recitara para Martín los versos graciosos, que antes de terminar de declamarlos, estallaba en sus carcajadas de costumbre antes que los demás.

Con aire solemne y levantando las manos recitaba:

"Por esta quebrada abajo,

El fusil para qué

van las ánimas llorando,

si no les gustaba el agua,

pa' qué se metieron por ahí".

Recobrado el aliento después de su carcajada, iba con el segundo poema:

"En aquel alto, muy alto,

hay un árbol de café,

y cada que subo allá,

me tomo una buena taza".

Luego de repetir sus graciosos versos, Jacinto buscó en las páginas del cuaderno y le dijo a Martín:

-Mire compa, aquí tengo un poema que yo escribí y éste si es serio. Yo no escribo poemas revolucionarios, me aburren y nunca aprendí a hacerlo. Lo que me sale en el papel son los recuerdos, los momentos vividos, las personas que conocí y que me impactaron. Por ejemplo, éste que acabo de terminar me lo inspiró una novia de la secundaria, jovencita, llamada Ana María, justo antes de marcharme al monte.

Me enamoré, mientras ella lo tomaba como un

juego y aunque duró poco, siempre la recuerdo con un sentimiento especial. Déjeme le leo:

Digo Ana María y digo:

sonrisa atrevida, pies traviesos,

juguete de tu pasión,

como premio inesperado de tu amor.

Digo Ana María y digo:

besos jadeantes de locura,

amor en los cuartos perfumados,

amor de media noche en el suelo,

amor sin pausa, amor sin permiso.

Digo Ana María y digo:

Rubén Darío amigo y hermano,

disparos cobardes, angustia,

muerte, llanto y escape...

El fusil para qué

Digo Ana María y digo:

un nombre prohibido,

tu juventud prohibida,

tu cuerpo dulce, como mi caramelo de amor.

Otro personaje interesante del grupo, era Lázaro "el médico", que aunque apenas fue auxiliar de enfermería antes de ser guerrillero, aprendió lo suficiente para ayudar a sus camaradas de armas. Cuando llegan retorciéndose por las fiebres del paludismo, picaduras infectadas o heridas menores, los recupera con antisépticos y las inyecciones adecuadas. Los revisa y cura temporalmente cuando llegan heridos y en su morral, lleva alcohol, ungüentos y cantidad de medicinas entre muchos frascos y envases de metal, que solamente él reconoce sin equivocarse.

-Lo que hace meses no consigo, es una buena penicilina. Aquí tenemos como a tres con sífilis. Les pude ver claramente las manchas. Les prohíbo que trabajen en la cocina y les advierto que tengan cuidado, pero tendrán que esperar hasta que tenga con qué curarlos. Lo único urgente para mí, es parar la sangre de los heridos, sacar las balas y los perdigones si se puede, limpiarlos y vendarlos hasta llevarlos a uno de nuestros hospitales. Cuando el cerco de la guardia se pone duro, los compas se nos mueren en el camino, así es la guerra. Hacemos un hoyo bien profundo, lejos de las pisadas de la guerrilla, para que no los encuentre la guardia, o los desentierren los perros y otros animales de monte. Levantamos papeles, armas y munición para reportar luego a la comandancia. En ocasiones, apenas he podido esconder el cuerpo y volver al otro día para acabar de enterrarlo. Imagino que cualquier día, uno puede ser el muerto antes del triunfo de la revolución y espero que alguien haga por mí, lo que yo he hecho por otros.

Sepultar a nuestra gente, cumple una doble función. Le devolvemos la dignidad a nuestros muertos y de paso, desmoralizamos a la guardia que no tiene resultados que mostrar, a pesar de su superioridad en armas y número.

Para despertar vivo un día más en esta guerra, todos dependemos de todos. Aquí por mucho que uno extrañe la familia, nos tenemos que conformar con hacer de la guerrilla, la nueva familia. Como en toda familia, a veces le tocan de compañeros, unos buenos y otros no tan buenos.

No todo son combates, me tocó también cuidar a un gringo de la CIA que se aventuró por aquí y que lo retuvimos por más de un año, se llamaba Robert Storm o Strom. Llegó con el cuento, que venía a estudiar el idioma de un pueblo indígena cercano y que era antropólogo y no sé qué... nos amenazaba e insultaba todo el tiempo y nos decía que si nos dormíamos, nos iba a matar con nuestras propias armas para luego escapar. Lo teníamos que amarrar todo el día y siempre nos trataba con odio. Strom siempre negó ser agente de la CIA, pero sus allegados finalmente juntaron el dinero para su rescate y los comandantes nuestros, resolvieron respetar el acuerdo.

Meses después que el gringo volvió a su país, leímos en los periódicos que apareció muerto de un balazo en un hotel. Qué ironía, no lo fusilamos nosotros aunque ganas no nos faltaban, porque siempre nos estaba retando, pero terminó matándolo alguien de su propia gente. Aquí siempre tuvimos la duda si era o no era un agente, era un tipo raro, solitario, grosero, pero yo creo que si era...

Todo comenzó una tarde de junio, cuando fui al Café Rosales para hablar con un informante estrella, sobre movimientos sospechosos de algo supuestamente grande que preparaba la subversión terrorista en Barrancal. El "perro", como lo conocían en el bajo mundo, era un ladronzuelo y drogadicto que apenas sobrevivía para mantener su vicio. Vivía prácticamente en las calles, pero recorría toda la ciudad y se enteraba de hechos o personas de nuestro interés y la información que nos vendía por unos pesos, casi siempre era buena. Sus claves, nos ayudaron a dar grandes golpes.

Cuando el perro, para de meter vicio por unos pocos días, prácticamente se transforma, se ve limpio y ordenado y su mente parece tener la sagacidad de un policía. Encontré al perro tomándose una taza de café, casi doblado sobre la mesa. Estaba hecho un desastre, llevaba varios días sin bañarse, se quedaba dormido mientras hablaba y con su mirada perdida tratraba de seguirme. De sus manos, se veía salir un hilo tenue de sangre, seguramente luego de haber luchado por encontrar una vena para inyectarse. Estoy seguro, que estaba bajo el efecto de la heroína. Algunos clientes fastidiados, no evitaban reparar la escena y me pareció una pérdida de tiempo seguir ahí. Le di quinientos pesos, le pagué el café a la mesera y lo cité para el lunes siguiente. Salió casi tambaleándose, apenas me miró.

Una pareja de la mesa de al lado, se despedía muy cariñosamente y quedándose ella sola fumando un cigarrillo, le pregunté si el hombre que la acompañaba no era muy mayor para su edad. Recuerdo que volteando rápidamente y mirándome a los ojos, me dijo: - Si me invitas a una copa en otro sitio, te lo cuento todo.

Nos fuimos a un discreto y elegante bar cerca de ahí. Era muy joven, pero hablaba con soltura y seguridad, como si conociera mucho de la vida, estaba maquillada exageradamente, como para verse mayor y olía a perfume. Sospeché rápidamente que era una putita, pero no estuve seguro hasta cuando ella misma me confesó, que el hombre mayor que despidió en el Café Rosales era un cliente. Me pareció curioso, cuando me preguntó si yo era policía. Sin darme tiempo a contestarle, me dijo que le gustaban los hombres que tomaban riesgos y que fueran duros, pero que la trataran con suavidad en la cama.

Le pregunté si quería venir a una fiesta, recordando que nos habían citado a la hacienda de Don Emilio y me dijo que no, que no lo tomara como un rechazo pero que no le gustaban los grupos, ni de hombres, ni de mujeres. - Tal vez no te deja el novio y no me quieres decir, le insistí. Pero me aclaró que no tenía novio, era libre. El único que le había movido el corazón, era un universitario que solamente vio unas cuantas veces.

- Ustedes los hombres no tienen sentimientos, reprochaba. Después que la consiguen a una, ya nada les importa. A veces parecen animales marcando territorio.

Me parecía gracioso lo que decía y me inspiró confianza y le conté que venía de una familia de militares. Mi madre ya había muerto y solamente me quedaban mi padre y una hermana. Yo había dejado la universidad en el primer año para entrar en la milicia y mi hermana menor, recién se graduaba como abogada. Le dije que vivía solo y que ocasionalmente, visitaba mi familia para saber de ellos.

Queriendo ir a la cama con ella, la invité a mi apartamento a seguir tomándonos una copa. Me contestó que ese día no podía, pero convinimos encontrarnos a la semana siguiente. Le ofrecí unos billetes y los devolvió con gesto de indignada, diciendo que esperara hasta ella ganarlos. No quiso que la llevara a su casa. Antes de marcharse,

me extendió un papel con su teléfono y su primer
nombre: Gertrudis. En mi libreta de notas escribo:
Gertrudis = manjar y su número de teléfono.

Como a la semana de haber llegado y después del desayuno, pasaron revista e hicieron conteo de unidades y armas. Seguidamente, se instaló el tribunal investigador en el patio principal del campamento a las nueve en punto, usando troncos de madera para improvisar una mesa y unas sillas. El comandante Lucas, con fama de duro entre la guerrilla y el resto de la provincia, advirtió que "se debían esclarecer hasta las últimas consecuencias las decisiones y los errores de la comandante Ramona, que condujeron al fracaso de la recuperación revolucionaria al supermercado y la pérdida irreparable de uno de los nuestros."

A Lucas, entre los corrillos de quienes le temían o lo odiaban, le llamaban con el sobrenombre de "plátano frito". Había ascendido rápidamente en las filas de la guerrilla y a donde fuese, lo acompañaban como rémoras, dos expertos tiradores como su guardia personal. Lo que más le gustaba a Lucas en su estilo acusatorio, era citar párrafos completos de Marx, Lenin, Stalin o Mao para apoyar cualquiera de sus argumentos, por triviales o cotidianos que fueran. Martín pensó, que el apodo de "plátano frito", era de verdad ridículo.

Los voceros del directorio dejaron a un lado a Ramona en sus argumentaciones y se concentraron en exigir, que la guerrilla los informara de cualquier interés en reclutar alguno de sus militantes y solo proceder con su expresa autorización. Llegaron las doce del día y el comandante "plátano frito" había hablado más que nadie, hasta que sus pares en la estructura de mando, bostezando de tedio, le demandaron hacer un receso para almorzar.

Con el plato del almuerzo intacto, Ramona se sentó junto a Martín y le pidió con la voz quebrándosele, que le diera un cigarrillo. Este gesto inédito, le reveló a Martín el estado de rabia de su jefe.

-Te aseguro Martín, que lo de Lucas no son más que babosadas. El cree tener una cuenta pendiente conmigo, cuando su novia lo abandonó por seguirme a mí. Cuando la conocí, yo nunca le insinué nada, al contrario Lucas nos quería tener a las dos y cuando yo lo rechacé y ella me siguió, se armó la bronca. Pero claro, nos va a entretener con citas de Stalin y Mao el resto de la tarde, para no hablar de sus deseos de venganza.

Martín se limitó a escuchar y encendió otro cigarrillo para que Ramona no fumara sola, pero las revelaciones de su jefe, explicaban una vieja conversación sobre el tema sexual que habían tenido, cuando él recién ingresaba a las filas de la guerrilla urbana.

Como lo anticipó Ramona, con apenas algunas interrupciones y preguntas aclaratorias de los presentes, Lucas citó a todos los teóricos del marxismo, para concluir que "la inexperiencia y desaciertos de la comandante Ramona, habían puesto en peligro a otros revolucionarios y la estructura completa de la guerrilla urbana y por lo tanto, la pondrían en período de prueba, bajo estrecha vigilancia de un comité evaluador".

El poder de "plátano frito" era inmenso en ese campamento, nadie de los presentes, ni siquiera los amigos de Ramona dijeron algo para defenderla y aunque no muy convencidos, los otros jefes de la guerrilla presentes, aprobaron el castigo sin hacer cambios a lo propuesto. Lo que era importante para Lucas, era el escarmiento y la humillación pública de Ramona y el hecho que en alguna forma, ella vería su autoridad mermada entre los miembros de la guerrilla de Barrancal. La convicción y el estado de ánimo de Ramona, se verían disminuidos el resto de su vida. Aunque en apariencia, ella parecía controlar todas las situaciones futuras, ya no sería la misma.

Martín no salía de su confusión, con las

dos versiones que acaba de escuchar. Mientras presenciaba una farsa de "juicio revolucionario", que le parecía más bien una mala obra de teatro, se enteraba por boca de una de sus protagonistas, las verdaderas motivaciones de todo el montaje. De inmediato pensó, que las luchas intestinas por el poder en el seno de la guerrilla, no eran diferentes de lo que él siempre fustigó entre los políticos corruptos del gobierno. ¿Entonces, dónde estaba la diferencia?

Unos días después del juicio, cuando se preparaban a regresar a Barrancal haciendo una larga travesía por la sierra, se prendió la alarma general en todo el campamento. Dos centinelas no estaban en sus puestos y solo quedaba de ellos, los fusiles, la munición y los uniformes con sus insignias. Tres grupos salieron a buscarlos en los alrededores. Una hora y media después y sin haberlos encontrado, se reúnen todos los guerrilleros en el campamento, con el encargo de ir hasta la casa de los padres de uno de ellos, a casi un día de camino en caso que pasaran por allí. A los centinelas nadie se los llevó, no había habido lucha, llegaron a la conclusión, que tenían dos desertores.

Lucas reforzó el equipo de vigilancia y despachó unas avanzadas, en caso que los desertores hubieran echo contacto con la guardia de montaña del gobierno y les estuvieran preparando un asalto sorpresa.

Mirando directamente a Ramona, Lucas dijo en

voz alta:

-Necesitamos una verdadera comandante, que se reivindique y salga a buscarlos hasta encontrarlos. Deberá traerlos vivos o muertos.

Ramona no se rehusó y organizó la persecución, llevándose a Martín como asistente. Para ganar tiempo, Ramona apenas autorizó descansos cortos del grupo de ocho guerrilleros, hasta llegar al amanecer, a una casa de apariencia miserable, con techo de paja, al filo de una montaña lluviosa. Rodearon el sitio para que no saliera nadie y linternas en mano, encontraron a los desertores durmiendo en el suelo de tierra de la cocina. Ni unas gallinas asustadas en el patio de atrás, los pudieron alertar.

Presintiendo lo peor, uno de los muchachos rompió a llorar, diciendo que estaban cansados de la guerra y que simplemente querían ir a buscar trabajo y futuro. Ambos aseguraron no haber encontrado a nadie de la guardia rural del gobierno y que si los dejaban ir, juraban nunca revelar la ubicación de los campamentos. Su delito además de escaparse, fue haberse robado una cantidad de dinero del campamento para los gastos, dato que nadie sabía todavía.

Ramona guardó el dinero, ordenó separar los desertores y la familia de uno de ellos y dictó sentencia:

El fusil para qué

-Ustedes ya conocen el reglamento. El de ésta casa se queda aquí, al otro lo amarran y viene con nosotros. No quiero disparos, procedan sin hacer ruido.

Martín montó guardia afuera de la casa y sintió un sudor frío mientras que el corazón le palpitaba aceleradamente, en lo que parecía una eternidad. No era capaz de hablar y los labios se le pusieron muy secos.

Los angustiados padres del condenado, suplicaban clemencia para su hijo mayor y los niños pequeños, lloraban desconsolados.

-Seño, compañera, tenga piedad. Ellos no van a hablar con la guardia, quédese con el ranchito si quiere, que es lo único que tenemos y unos pesos para ustedes, pero no lo maten, diga a sus jefes que no los encontraron, ay seño, por amor a Dios...

Una golpiza con garrote, acabó en minutos con la vida del muchacho desertor, que lloró hasta que dejó de quejarse.

Aterrorizados y con el alma herida, quedaron los campesinos para velar a su muerto. Todavía recordaban cuando años atrás, le negaron a la guardia rural conocer el paradero de la guerrilla, con la que por entonces, simpatizaban por sus ideas.

El segundo muchacho, no dobló su orgullo y en el trayecto de regreso al campamento, los miraba a todos con altivez. Cuando Ramona dio parte a Lucas y los demás comandantes, concluyeron que al haber confesado, no era necesario hacer otro juicio, ya que ellos solos, se habían echado la soga al cuello. El segundo condenado a muerte, pidió que le dejaran cavar su propia tumba y que le llevaran una última carta a su madre anciana.

Cuando el hueco en la tierra estaba suficientemente profundo, sudoroso y jadeante y con un calor pesado de las dos de la tarde, les dijo:

-Ya estoy listo. Sepan que ustedes viven en el engaño. Nos dijeron que haríamos la revolución por ideales, pero ahora hacen todo por conveniencia, por el billete... ustedes abusan del campesino igual que la guardia del gobierno. Están tan podridos, como los que queremos tumbar del poder. Son el otro lado de la misma moneda. Aunque se disfracen de salvadores y revolucionarios, el pueblo no es tonto y ya se dio cuenta de lo que hacen. Hoy me toca morir a mí, pero mañana puede ser cualquiera de ustedes...

Un tiro en la nuca, cortó la diatriba y Lucas guardando la pistola sentenció:

-Ahora resultó político este traidor a la revolución...recuerden que la revolución no se puede hacer con sentimentalismos y mucho menos con traidores.

El fusil para qué

Martín cogió una pala y con otros dos, lo cubrieron de tierra completamente. Lucas dio la orden de dispersarse. Martín fue hasta la cocina a pedir un café y encendió un cigarrillo. Ramona parecía salvar su orgullo pisoteado apenas días antes, con dos ejecuciones sumarias. Lucas, el comandante "plátano frito", cantaba doble victoria al demostrarle a la tropa guerrillera quién estaba al mando y que podía manipular a Ramona, para que fuera tan rastrera como él. Martín, sintió desilusionarse con sus ideas de la lucha armada y con Ramona, a quien había llegado a admirar. Mientras recordaba todo el episodio, desde su llegada al campamento y las palabras del último desertor muerto, Martín notó algo inusual, le temblaban las manos.

Por razones de seguridad, se aplazó el regreso a Barrancal. Dos semanas después, les ordenaron a todos, vestir los uniformes, revisar y alistar las armas para atacar un puesto de vigilancia de la guardia rural. Partieron a las tres de la madrugada y a una hora y media de camino, pudieron divisar las luces tenues de unas cuantas casas. Martín y Jacinto, marcharon juntos y se les ordenó cuidar la entrada a una de las carreteras de acceso. En caso de escuchar algún automotor, debían avisar por radio, ordenar un alto al conductor y de no obedecer, disparar sin miramientos.

Jacinto le explicó a Martín, que la razón para usar los uniformes obedecía, a que la guerrilla buscaba ser reconocida como "grupo beligerante" en el contexto internacional y además con estatus político, poder sentarse a negociar con el gobierno. De lo contrario, no se diferenciarían de asaltantes de caminos comunes y corrientes y por lo tanto, se les negaba la intermediación de países u organismos internacionales. Se suponía, que la guardia nacional debía aprender a diferenciarlos, para hacerles frente.

Martín sin embargo no quedó muy convencido, cuando dos hombres del grupo de vanguardia, en vez de usar uniformes, iban vestidos como campesinos con las armas ocultas. Alcanzó a escuchar cuando el guardia rural, les gritó a los campesinos:

-Alto, ¿quién va?

-Se nos perdieron unos caballos, oficial y segundos después, disparando certeramente al guardia, empezó la balacera que terminaba con el desarme y la quema de la estación.

Martín le preguntó a Jacinto, cómo debía saber el centinela de la estación, que quienes se acercaban eran guerrilleros y no campesinos de verdad, para contraponer su fuerza armada. Le pareció simplemente una emboscada, aunque el resto de los guerrilleros llevaran uniformes. Jacinto se quedó pensando y no supo qué contestar.

Fabio el yerno de Don Emilio, se daba ínfulas de negociante intachable, bien vestido con trajes de última moda y se dejaba ver siempre acompañado de jovencitas muy distinguidas. Mucha gente en Barrancal, no se atrevía a decir que la fortuna de Fabio, la había amasado en pocos años, del tráfico de cocaína a Estados Unidos y Europa. Su suegro Don Emilio, nos mandó decir que junto a sus abogados, se reunirían con los jefes del directorio de izquierda DRO para proponerles una alianza. Los partidos tradicionales, al parecer todavía tenían algo de escrúpulos para esas uniones, pero como la izquierda recitaba que "por la revolución todo se vale", era más fácil concertar algo.

Fabio quería ser diputado regional y estaba dispuesto a firmar cualquier papel casi sin leerlo con quien fuera, para ganar un escaño en la asamblea. La llamada izquierda por su parte, se conformaría con recibir jugosas partidas para financiarse, con tal que Fabio despotricara del imperialismo y las oligarquías. Fabio era oligarca y todos lo sabían, pero los oligarcas rancios de Barrancal, sabían el origen de su riqueza y hasta le habían negado el ingreso al Club Británico. Lo habían humillado, al no aceptarlo.

Tinieblo nos dijo que sirviéramos de guardaespaldas de Fabio, para la reunión por pedido de su suegro Don Emilio Marulanda y de paso, verificáramos si había caras nuevas entre los negociadores del directorio. Al banquete ordenado por Fabio, llegaron los jefes del directorio muy puntuales, todos ya conocidos. Al comienzo se veían callados, pero con los primeros sorbos de tequila reposado, se animó el ambiente. Nadie habló de drogas ilegales y al final acordaron nombrar un delegado cada grupo, para ultimar los detalles de la alianza. A mí me parece que a Fabio, ni siquiera le importa en qué bota el dinero, con tal de hacerse elegir.

Los del directorio llegaron con unos papeles largos y aburridos, repletos de tópicos sobre marxismo y revolución que pocos leen y la mayoría de la gente no entiende, pero con la firma y el cheque de Fabio, todos se quedaron complacidos. Si estos ilusos, de verdad supieran lo que mis colegas junto con Tinieblo, les hacemos a sus copartidarios y agitadores, tal vez no firmarían. Pero resulta cierto, también en esta ocasión, que por la plata baila el perro.

Fabio aprovechó para ventilar una queja y les recriminó a los del directorio diciendo, que hacía pocos meses habían pintado las paredes de algunos de sus negocios, llamándolo traficante y otras cosas denigrantes y que él sospechaba, eran muchachos cercanos al DRO. Los representantes del directorio, asustados por el tono de enojo de Fabio, le aseguraron que eso no pasaría y que de sorprender a alguien de su grupo, lo obligarían a limpiar con pintura sus paredes. Fabio concluyó diciéndoles, que su verdadero interés en ganar una diputación, era promover una ley de inmediato, anulando los tratados de extradición con Estados Unidos, porque para él esa era la mano del imperialismo metida en los destinos del país. La gente del directorio con mucho alborozo, aplaudió con ganas echando vivas al futuro diputado y a la alianza contra el imperialismo del norte. Fabio no cabía de contento por lo pactado y terminada la reunión, nos dijo:

-Ya verán muchachos, pasadas las elecciones me llamarán honorable diputado y ni los del Club Británico, me podrán negar la entrada a donde yo quiera.

Al mes siguiente, Tinieblo nos comisionó para escoltar un cargamento de coca de Fabio, que saldría de las selvas del sur a muy bajo costo, supuestamente propiedad de una especie de cooperativa de cultivadores encabezada por un tal Luís Castañeda que no conocíamos. Nos parecieron muy desconfiados, llegaron armados con Kalashnikov de contrabando, exigían el pago en dólares y hasta no contar el último fajo de billetes, no soltaron toda la carga.

En la libreta, dibujé la cara del tal Castañeda, con su bigotito absurdo de payaso y su panza de embarazado. La droga resultó de calidad inmejorable y acordaron negociar, cargamentos iguales cada cuatro meses. Culminada la operación, Tinieblo nos dio una semana de vacaciones en la hacienda del vicio de Don Emilio. Yo traté de localizar a Gertrudis con la idea de hacer algo distinto, pero nunca la encontré.

Un mes después y de vuelta en Barrancal, Ramona les ordenó prepararse para una operación guerrillera todavía más grande, que pasaría exactamente el sábado cuatro de julio, coincidiendo con la fecha de la independencia de los Estados Unidos. Sería un "duro golpe contra el imperialismo y el régimen fantoche para poner en evidencia su desprestigio a nivel internacional" les advirtió, sin darles más detalles.

Martín imaginó, que tendría algo que ver con la embajada gringa, porque notaron una movilización inusual de guardia nacional, barreras de concreto y cierre al tráfico de varias calles adicionales alrededor de la embajada. Lo que ya parecía una fortaleza, ahora era un sitio inexpugnable. Recordó el desastre con Edmundo, en el asalto al supermercado y pensó que tal vez los mandaran a una misión suicida, de la que nadie saldría vivo, sin siquiera llegar a las puertas de acceso. Sabiendo cómo había actuado

Ramona con los desertores del campamento, temía que ella era capaz de cualquier cosa.

Pensó incluso, en hacer una carta de despedida a la madre, pero en el acostumbrado juego con el dado del abuelo, salían más sietes y nueves de buena suerte y resolvió dejarlo todo al destino, para no preocupar a su vieja sin necesidad.

Se citaron en la plaza de mercado, cuando los bares ya cerraban y llegaban las primeras cargas de pescado y mariscos. Allí estaba Ramona con un auto, camisas, kepis de carabineros y las armas. Le alivió un poco saber, que la tarea consistía en escoltar a otro auto Mercedes Benz color verde, con tres combatientes vestidos de oficiales militares. Parecían de verdad, con sus insignias y su corte de pelo reglamentario. Nada ni nadie debía detener al auto, ni intentar revisarlo. Dispararían con fuego cerrado, al mínimo intento.

Los autos se encaminaron a los depósitos de armas, al norte de Barrancal. El conductor del carro-escolta se parqueó a unos cincuenta metros de la salida, con el motor encendido. Martín tuvo tiempo para dos cigarrillos, mientras vigilaban. El reloj marcaba las cuatro y media de la mañana y veinte minutos después, el Mercedes Benz con los "militares" salió despacio y con toda naturalidad, para luego acelerar a toda máquina cuando llegaron a la autopista.

Faltando cinco minutos para las cinco de la mañana, una poderosa explosión a sus espaldas, les aclaró todo el enigma. Los militares disfrazados, habían plantado una bomba en las propias narices de la guardia nacional. La columna de humo negro, se podía apreciar por encima de los edificios.
Hacia las ocho de la mañana ya estaban todos replegados y viendo las noticias en televisión. El despliegue de personal militar y de bomberos era impresionante y las cadenas de radio y televisión, transmitían sin descanso, tratando de entrevistar a los altos generales de la guardia. Todos dijeron, que habían tenido un escape accidental de gas y que lamentaban las pérdidas militares, ocho guardias muertos y veinte heridos. Nadie habló de explosivos, ni mencionaron la palabra que los avergonzaba y desenmascaraba su vulnerabilidad: guerrilleros.

La noche anterior a la explosión del depósito, me quedé en casa de mi papá que celebraba su cumpleaños. Setenta y cinco años y luce menor de sesenta, fuerte como un roble. Mi hermana, se alegró de mi supuesto retiro de la guardia.

-En la universidad decían, que los militares trabajan mano a mano con los matones de Barrancal, me dijo ella. Para cambiarle el tema, le pregunté por su amiga Marcela Vallejo, la de las caderas de ensueño.

-No pierdas el tiempo, la conozco muy bien y está enamorada, me aclaró mi hermana. Le contesté que todavía quería salir con ella, que yo no era celoso. Qué no haría por esas caderas... pensé.

Tinieblo nos citó a una reunión de emergencia a las siete de la mañana, luego de la explosión en el depósito de armas de la guardia nacional. Estaba furioso y dijo que teníamos que entregarle resultados en cinco días, o rodarían nuestras cabezas. Nos contó que tres supuestos militares, habían penetrado al depósito de armas, diciendo que eran "auditores" de la brigada 21ª. Un cuerpo militar que ya no existe y que alguien con un poco de servicio debería saberlo. Aparte que ningún auditor, llega a trabajar a la madrugada. Los centinelas pagaron con sus vidas el descuido, al ser aplastados por un muro de una las bodegas destruidas. Nadie iba a saber la verdad, porque sería admitir la derrota frente a la subversión.

Sin importar qué comunicados o llamadas fueran enviadas a periódicos o estaciones de radio o televisión, el gobierno había prohibido expresamente, difundir el parte de victoria de la guerrilla. Quien violara la orden del gobierno, sería clausurado sin contemplaciones, citando intereses de seguridad nacional.

Tinieblo demandó, que revisáramos todos los expedientes de sospechosos y que tratáramos de capturar alguno para ablandarlo y saber si este ataque quedaría allí o si deberíamos esperar algo más. Incluso sugirió que uno de nosotros, se dejara reclutar para infiltrar la guerrilla urbana y poder darles el golpe final. Aclaró, que el grupo de operaciones especiales como grupo autónomo quedaba en receso y que nos incorporaban por tiempo indefinido, a los servicios de inteligencia de la guardia nacional.

Cuando el fuego quedó apagado completamente en el depósito y se recobraron todos los muertos y heridos, recibimos el golpe máximo al final del día. La embajada de Suiza, había sido tomada por un comando guerrillero, en lo que ellos llamaron "Operación Patria y Libertad". Previendo un posible ataque a la embajada de Estados Unidos, la esposa del embajador, emparentada con la esposa del embajador europeo, había organizado una fiesta privada con los suizos. El coro completo de la iglesia anglicana, que planeaba cantar, había sido amarrado y amordazado cuando se alistaban para salir al evento y los guerrilleros ingresaron a la embajada, vestidos con togas de coristas sin ser requisados, ni sus identidades verificadas con la lista que debían tener.

Tinieblo ordenó que interrogáramos a todos los coristas, para verificar que alguno no trabajara para la guerrilla. Una mujer de limpieza, se convirtió en la sospechosa principal, al haber llamado a la iglesia el día del asalto, diciendo que estaba enferma. Tinieblo demandó que moviera cielo y tierra hasta encontrarla, recordando no descuidar la vigilancia sobre el senador Hernández.

- No se le olvide, que usted me responde que no le pase nada al senador, en medio de todo este embrollo.

La peor píldora para todos nosotros, era que el embajador de Estados Unidos y los embajadores de otros países aliados junto a sus familias, estaban entre los rehenes. Para nosotros quedaba perfectamente claro, que la explosión del depósito, no era otra cosa que una movida de distracción. El personal de vigilancia en las embajadas, había sido reducido al mínimo, para hacer rastreo e inteligencia sobre el caso del depósito de armas. Las tomas de embajadas, ocurridas en otros países latinoamericanos, parecían repetirse en el nuestro y no sabíamos qué hacer.

El general Contreras, uno de los temidos de mi época de la escuela de oficiales y segundo en el rango militar después del ministro, recorrió todo el país esa semana casi en secreto, reuniéndose con los altos mandos de su confianza en la guardia nacional, carabineros, inteligencia y por supuesto con nosotros. Dijo que la culpa de todo era del gobierno, por impedirle hacer la guerra a la subversión como él quería. Nos preguntó si estaríamos con él, en caso que la patria lo llamara a hacerse cargo de la situación. Unos por convicción y otros por miedo de quedarnos afuera, le dijimos que sí. Por último aclaró, que en verdad todo dependía del respaldo de Estados Unidos, como pasó en Argentina o Chile.

En caso de que Contreras se hiciera cargo de la presidencia, económicamente nos iría mejor a todos. Yo sospecho que Contreras, es el verdadero jefe de Tinieblo, el pobre parecía un corderito regañado cuando fuimos a escuchar al general. "Sí, mi general, como no mi general, lo que usted mande mi general."

El lunes, buscando al perro, mi informante del Café Rosales, me encontré con Gertrudis que tenía una cara de despecho que no podía ocultar y muchas copas de más. Era inútil esperar por el perro, seguramente estaría metiendo droga. Sin pensarlo mucho, nos fuimos a su apartamento y nos terminamos varias botellas de licor. Llevaba tiempo cargándole ganas a esta hembra. Bien borrachita, desnuda y bañada en lágrimas decía:

-Dónde estás Preciado, dónde estás ingrato que nunca volviste...debo ser una ramera despreciable para ti...si me dieras una oportunidad...

Para que se le olvidara el tal Preciado, le hice el amor como si me estuviera despidiendo de este mundo. En la madrugada me dijo que no más, que estaba cansada y que le dolía.

Javier Amaya

Las órdenes que recibió Martín, fueron quedarse en su casa el mayor tiempo posible y esperar ser contactado por Ramona o por algún designado suyo. Martín se pegó al televisor, cuando los noticieros hablaron de la toma de la embajada suiza. Supo después con otro enlace, que Enrique el otro amor de Ramona, estaba al mando de la guerrilla dentro de la embajada y que Ramona a última hora, decidieron dejarla afuera, porque no había suficientes togas de coristas en la iglesia anglicana.

Para Martín, el hecho era muy simbólico. Por primera vez, el nombre del Ejército por la Revolución del Pueblo ERP, le daba la vuelta al mundo en las noticias internacionales y se abría la oportunidad de hablar de las muertes extrajudiciales en su país a manos de la guardia nacional, de denunciar las torturas, de levantar el estado de sitio y negociar una liberación masiva de los presos políticos.

El fusil para qué

Toda la noche del sábado hasta el amanecer del domingo, permanecieron los cadáveres de un guardia de la embajada y de una guerrillera tirados en la calle, sin que nadie se pudiera acercar por el intercambio de disparos. El gobierno se limitó a decir que "los terroristas debían salir de la sede diplomática sin dañar a nadie y sin condiciones. El gobierno, no negociaría con terroristas."

Antes del mediodía del domingo, cambiaron de tono y restablecieron el servicio de electricidad, agua y teléfono al edificio de la embajada y por primera vez, se comunicaron las dos partes sin intercambiar disparos. Estados Unidos demostrando una vez más, quién manda en América Latina, le advirtió al gobierno, que los hacía responsables de lo que pasara con su embajador y el resto del personal capturado por la guerrilla. Los europeos hablando después de los gringos, repitieron lo mismo.

El lunes siguiente, con la mediación de la Cruz Roja, dejaron salir a las mujeres y los menores de edad de la embajada, lo que solamente aumentó la presión sobre el gobierno para que no provocara una matanza en el edificio. Martín sentía emoción al ver el nombre de su grupo el ERP, ser citado tantas veces en las notas de los periódicos y los noticieros de radio y televisión. Pero al recordar los hechos, con los desertores del campamento y los móviles secretos de Lucas para humillar a Ramona, sentía una profunda desilusión y temor de perder la vida.

Añoraba ilusamente que el rumbo se rectificara, que los jefes revolucionarios mostraran su verdadero grado de compromiso y que este sonoro golpe al régimen, del cual él, se sentía partícipe, acercara a su pueblo a un respiro, a reivindicarse.

Para la gente sencilla de Barrancal, la vida cotidiana se tornó más complicada que de costumbre, por las requisas continuas de los carabineros, sobre todo en los barrios más pobres. Los arrestos, en ocasiones indiscriminados y en muchos casos la tortura, obligó a muchos inocentes a declararse guerrilleros, para aliviarse momentáneamente de sus tormentos. Varios muchachos, aparecieron muertos en los lugares de costumbre, amarrados y amordazados, quemados la piel o descuartizados. El régimen, quería encontrar cualquier indicio, que le permitiera romper el corazón de la guerrilla urbana.

Martín entonces cuestionó, si semejante cuota de sacrificio pagada por gente inocente, había valido la pena. La madre de Martín, contenta de verlo en casa casi las veinticuatro horas del día, pensándolo seguro, aprovechó para visitar unos parientes lejos de la capital. Como presintiendo una despedida del hijo, la madre se sentó en el comedor con Martín antes de salir y le dijo:

-Yo sé hijo, que tú guardas una admiración especial por tu abuelo, porque estuvo en la última guerra civil en este país. El me contaba, que era

apenas un muchacho cuando el Partido Centralista
se alzó con el poder y con la ayuda de la iglesia
empezó una guerra contra toda la gente del Partido
Radical. Como la mayoría de la gente, tu abuelo
era radical por tradición de generaciones, sin que
supiera exactamente lo que ello significaba, pero
al escuchar de las matanzas de los centralistas, no
tardó en marchar a combatir el gobierno en la sierra
occidental.

Se midieron en varios combates, a pesar de
ir casi cubiertos con harapos, mal armados, con
hambre y sin entrenamiento. Un día, llegaron a un
pueblo y luego de comprobar que los centralistas
habían sido alertados para huir, los radicales
detuvieron a un cura, a quien acusaban de haber
ayudado al gobierno y ocultar armas para ellos. Los
radicales furiosos, le hicieron un juicio sumario y
llevando el cura a golpes y patadas fuera de la iglesia,
se prepararon para fusilarlo.

Tu abuelo, un hombre casi analfabeto pero
hombre de principios, le dijo a su mejor amigo
que ahí terminaba su lucha. Dijo algo así, que a él
lo habían reclutado para enfrentarse cara a cara
con el enemigo, hacer una revolución y tumbar un
gobierno; pero que fusilar curas o a cualquier ser
humano desarmado, era repetir exactamente lo que
hacían los despreciables centralistas y desertó. Su
amigo, tuvo tiempo de alertar la deserción pero como
ves, nunca lo hizo. Terminada la guerra, se casó y mi
madre le dio siete hijos.

Ninguna guerra debe ser eterna y uno debe
saber cuándo terminarla, concluyó la madre a modo
de moraleja.

Martín mirándola con afecto, se preguntaba
por qué su madre parecía darle un mensaje, como
intuyendo los azarosos detalles de sus andanzas.
Como si supiera, de los complicados enredos en que
estaba metido.

La soledad de Martín, apenas duró un par
de días cuando Jacinto, el poeta-cocinero del
campamento de la sierra, llegó de improviso a la
ciudad buscando hospitalidad, acompañado de una
mujer de apariencia campesina, muy joven, atractiva,
de cabello largo, piel blanca, de cejas profundas y
con una lindas piernas.

Jacinto le contó a Martín, que él y su hermana
Eva, habían recibido permiso del comando para una
visita a la capital y poder ver a sus padres enfermos.
Los patrullajes y el trabajo policial en todos los
barrios, habían hecho imposible acercarse a sus
familiares, sin llamar la atención. Mientras Jacinto,
arreglaba una forma segura de entrevistarse, le
pedía que cuidara a Eva y de paso, ella le podía hacer
compañía en la vieja casa. Martín aceptó gustoso
y Jacinto les dejó dinero para los gastos de varias
semanas.

Eva le comentó a Martín, que ella lo recordaba
desde la visita del campamento, pero por timidez,

nunca se le había acercado para hablarle. Contarle
por ejemplo, que le parecía extraño que tanta gente
viviera en las ciudades, metida en muros de madera,
concreto, plástico o cartón. Ella extrañaba, poder
ver las estrellas en las noches despejadas, sentir el
olor de la selva, cocinar con leña seca y escuchar los
ruidos de los animales.

-Aquí en la gran ciudad, hasta el aire es pesado.
Cuando veníamos entrando a Barrancal, cruzamos
por unas fábricas no sé de qué y el olor a huevo
podrido era insoportable. ¿Cómo hace tanta gente,
para vivir tan junta? Hay demasiado ruido, como
si todos gritaran, con la voz, con los autos y nadie
escuchara. Las pocas veces, que he salido de la selva,
extraño el ruido de las hojas de los árboles, del río
y del viento. De las ciudades, lo que si me gusta, es
poder asearme y usar el baño, fuera de la mirada de
todos. Las ciudades, también nos llaman la atención
a lo lejos, cuando caminamos de noche y vemos las
luces titilando, como una siembra de luciérnagas.

-Ustedes a todo le ponen valor en dinero, hasta
pagan por el agua, algo que en la selva nosotros
jamás hacemos. Allá tratamos de cuidarla y la
mantenemos limpia, pero no es una mercancía.

Martín le dio la razón a Eva y recordó el
poema del insigne chileno que declamaba "y luego
el hombre fue agregando muros y adentro de los
muros, sufrimientos". Eva le dijo también, que desde
los doce años, llevaba la vida de la guerrilla al lado

de su hermano, no había cursado más que unos años de la escuela básica y que no tenía una pareja. En un ataque militar que sufrimos, cuando tenía nueve años, aprendí a ser estafeta.

-¿Y qué es una estafeta? preguntó Martín.

-Eran los correos de niñas y niños campesinos que caminábamos grandes distancias para mantener bien informados a los grupos de resistencia. Atravesábamos las líneas enemigas constantemente, pero cuando llegué a cierta edad, los soldados me miraban mal, me decían vulgaridades y estuve en peligro y ya no lo hice más.

Le contó que las familias, habían tratado por años de no abandonar las parcelas, pero la guardia los atacó por aire y por tierra en la cordillera. La última de las hermanas, se había quedado rezagada cuando atravesaban una ladera muy encumbrada y llena de niebla, que los protegía momentáneamente de los bombardeos. Desgraciadamente la niña en un descuido, resbaló desbarrancándose y cayó a un precipicio, sin que nadie lo pudiera evitar.

- Ni un cuerpo para velar y enterrarlo, pudimos tener, contó Eva.

Confesó un poco avergonzada, que no entendía con exactitud las lecturas de los libros marxistas y las teorías complicadas de la revolución, pero se sentía compensada, porque nadie en su grupo cocinaba

mejor que ella. Había aprendido, viendo a Jacinto
trabajar en la cocina, sin que él se diera cuenta.
Para disparar y dar en el blanco, también era una
de las mejores de su escuadra a sus veintiún años.
Entre noticieros de televisión, radio y las lecturas de
periódico, Martín trataba de explicarle en términos
simples, lo que defendían los libros, de los teóricos
de la revolución.

Una noche, tomándose unas cervezas en la
cocina, Eva besó de sorpresa a Martín, sonrojándose
un poco.

-Usted nunca se dio cuenta, no echó de ver, que
yo ya lo devoraba con los ojos en el campamento.
Yo no sabía cómo acercarme o llamarle la atención,
insistió Eva. Es que ustedes, los de la ciudad, se
embelesan solos. Se dan más importancia, de la que
tienen.

Martín reflexionaba las razones de su huésped
y sin hablar más, se envolvieron en besos y abrazos,
mientras se desvestían. Eva le pidió a Martín, que
dejaran algo de luz en el cuarto. – Es la costumbre
de querer saber siempre, qué pasa a mi alrededor, le
aclaró Eva. - Tal vez luego, se me quite la manía.

Las formas del cuerpo de Eva, le sacaron más de
un suspiro a Martín. Quién iba a imaginar que bajo
las ropas modestas, ocultara esos pechos de buen
volumen y redondos, las caderas amplias y firmes, el
centro entre las piernas bien formadas, muy negro y

muy suave, su cabellera con olor a hojas de romero y para completar, su boca juguetona lo recorría a punto de sacarlo de sus cabales. Martín no tuvo que esforzarse, para devolverle a Eva, beso por beso y caricia por caricia. En la cúspide del éxtasis, él imaginó que de existir, así ascendían las almas a la eternidad.

Las semanas siguientes, Martín y Eva vivieron un tórrido romance en la soledad de la casa. El país fuera de la alcoba estaba en guerra, pero en el cuarto corría vida, se inundaba de suspiros, olía a sexo, en medio de los gemidos espontáneos y ruidosos, que la muchacha olvidaba controlar.

Eva le pidió luego, que le explicara qué hacer para no embarazarse, porque tener una criatura en las profundidades de la selva, siempre significaba o bien tener un aborto o salir a la ciudad para parir, dejando la criatura atrás para poder volver al combate. Quedar preñada, no estaba todavía en sus planes. Eva le contaba que en medio de la guerra, la instrucción del ERP, se concentraba en enseñarles a combatir y sobrevivir.

-Mis papás están muy enfermos y son pobres como para cuidar de un nieto.

Martín se enamoró irremediablemente de Eva. Ella es también guerrillera como Ramona, pero es muy distinta, es sencilla, no necesita sentir que tiene poder sobre nadie, y le sobraba humanidad. Aunque las circunstancias de la vida, le habían negado una escuela formal, Eva se había graduado en la escuela de la vida y de las penurias del combate y de la selva. En los días que ella cocinó, Martín no recordaba haber probado tan suculentos platillos. Estaba seguro que Candice Bergen, su amor imposible de juventud, no cocinaba tan bien como Eva y se atrevía a dudar, que fuera tan buena amante.

El romance, se veía momentáneamente interrumpido, cuando Jacinto pasó a recoger a Eva, para finalmente poder visitar los padres de ambos, al otro lado de la ciudad. Martín ya presentía el vacío que dejaría la muchacha y la terrible soledad que sentiría. Después de varios días de paz interior y de haber olvidado fumar, sintió que la partida de la muchacha lo dejaría otra vez, en su estado rutinario de desasosiego.

Martín sin embargo, guardaría una sensación de descanso y de placer, que él imaginaba era semejante a tener alas y poder volar. Le juró a Eva, verla otra vez y le pidió que siguieran escribiéndose al menos una vez por mes, por cualquier medio disponible. Jacinto advirtiendo la forma íntima como trataba Martín a su hermana, se despidió en tono de burla diciendo:

-No te puedes quejar, de cómo te han tratado estos días, cuñado.

Ya habían pasado dos semanas desde la toma armada de la embajada y a pesar de cientos de detenciones, allanamientos y requisas, no teníamos una pista firme de cómo localizar y cortar los tentáculos de la guerrilla que desde la selva, se proyectaban por todo el país hasta llegar a Barrancal. Entonces Tinieblo, me recordó el caso de la mujer de la limpieza de la iglesia anglicana, que no fue a trabajar el día que robaron los uniformes a los coristas, cuando los guerrilleros entraron disfrazados a la embajada.

Fui a la iglesia y me dijeron que la fulana, de edad mediana, de nombre Mercedes González había llamado al otro día del asalto, renunciando a su trabajo y diciendo que se marchaba a su pueblo natal en las provincias del sur y que no se preocuparan por su pago final. Esto me pareció muy sospechoso y me encaminé a la dirección residencial de la tal Mercedes. Mi primera sorpresa fue que esa residencia, era un caro apartamento de un barrio de clase alta, en el barrio de Buenavista.

Al llegar allí, la segunda sorpresa era que salía en ese preciso momento, Marcela Vallejo, la amiga de mi hermana. Ella también se sorprendió de verme, subiéndole el color a las mejillas por unos segundos y poniendo su mejor sonrisa me dijo:

- Ahora si vienes para invitarme a salir, nunca me llamaste como lo prometiste...¿cómo sabías dónde vivía?

Le contesté que en verdad no lo sabía, que no la había llamado antes porque me contaron que estaba muy enamorada y por último le dije, que en realidad buscaba a Mercedes González, una mujer que trabajaba limpiando en una iglesia.

-Pensé que venías a verme a mí, me alegraste por un momento, me dijo con tono provocativo.

-Mercedes es una pariente lejana que se quedaba en mi casa, pero se marchó a su pueblo natal. Dijo que en Barrancal llovía demasiado para su gusto y que la humedad la tenía enferma. ¿Para qué la buscas?

Le respondí que como mi padre ya estaba viejo, pasaba en su casa tanto tiempo solo, pensaba que tal vez la mujer quisiera hacer limpieza allí y hacerle algo de compañía al pobre. Le pagaría bien. Me justifiqué contándole, que mi papá vivía como un alma en pena, que había comenzado a hablar solo, incluso cuando había otras personas en la casa.

Marcela me dijo, que de contactar a Mercedes me llamaría. Me despedí de Marcela con una sensación muy rara y con la idea que ella también sospechaba de mis verdaderas intenciones. Hice mis anotaciones de costumbre en la libreta y pensé que debería buscar a la tal Mercedes en caso que existiera, en ese pueblo del sur.

Mientras hacía arreglos para salir de la ciudad y buscar mi reemplazo, mi socio de la escolta del senador Hernández, me advirtió que sería relevado por tres semanas porque le anticipaban sus vacaciones. Me dijo que la nueva escolta era de toda confianza, eran recomendados del general Contreras, pero que esperara informes hasta que él regresara y que tampoco me acercara a los nuevos, no fuera que le tumbaran mis pagos.

Sin darle detalles, le dije a Tinieblo que de irme al sur a buscar la pista de la misteriosa Mercedes, no vigilaría al senador Hernández por lo menos en tres semanas. En vez de responderme con los acostumbrados sermones, Tinieblo simplemente me dijo que no me preocupara, que el senador seguramente estaría en buenas manos. Días después, apareció en los diarios, la noticia del secuestro del senador Hernández a manos de la guerrilla. Yo no lo podía creer. La nota de prensa decía que al visitar un amigo suyo comerciante de vinos, había sido obligado a abordar un vehículo sin placas y que se encontraba solo. Tinieblo parecía saber más de este secuestro, de lo que estaba dispuesto a contarnos. Se me ocurrió, pasar cerca de las bodegas de vinos camino a mi casa, lugar donde había pasado muchas horas y conocía bien y me enteré, que de la noche a la mañana, el sitio estaba vacío.

Otro periódico de un país vecino, publicó una nota del ERP donde afirmaba que el secuestro no era su responsabilidad, que fuerzas cercanas al gobierno los querían culpar con oscuros propósitos, seguramente golpistas.

De la iglesia anglicana me llamaron, diciendo que habían encontrado una foto en grupo, que aunque no muy buena, aparecía de perfil, Mercedes la mujer de la limpieza. Fui a recogerla y me percaté que era la misma cara de Marcela, la amiga de mi hermana, apenas diferente por un tinte de pelo. Puse la foto entre mi libreta y decidí no reportarla todavía, hasta yo poder hablar directamente con Marcela. Si Marcela cayera implicada, era enredar por ende a mi hermana, porque de inmediato se indagaba a sus amistades cercanas y conociendo el sadismo de Tinieblo, sabía que correrían peligro. Sin importar en lo que estuvieran metidas, yo no lo podía permitir.

Tinieblo nos convocó a la hacienda de Don Emilio Marulanda y rodeado de gente armada que no conocía, nos requisó todo lo que llevábamos encima.

Mi libreta de notas junto con la foto de Mercedes o Marcela, se la quedaron y dijo:

- Aunque ustedes crean que es desconfianza, la situación del país está muy complicada con el asalto de la embajada suiza y el secuestro del senador Hernández por parte de la guerrilla. Queremos curarnos de cualquier posible infiltración. Estamos en alerta máxima y la gente del general Contreras tomará en sus manos las investigaciones. Nosotros seguiremos sirviendo de apoyo, pero por un tiempo tal vez corto, estos señores quedan a cargo.

Me despidió diciendo, que me fuera al sur al día siguiente, a buscar el rastro de Mercedes, la sospechosa de haber arreglado el robo de las togas en la iglesia anglicana, para que la guerrilla entrara a la embajada.

Esa noche, no pude dormir. Como a la una de la mañana, un anuncio extra por la radio, daba cuenta que el cuerpo del senador Hernández había sido encontrado con dos tiros en la cabeza. El gobierno por lo tanto, ordenaba un toque de queda en todo Barrancal y el general Contreras, conduciría una "operación rastrillo" para dar con los responsables. Solamente personal militar autorizado, podía transitar por las calles o portar armas.

Me pareció muy extraño que con esa noticia, no me hubiera llamado Tinieblo a reclamarme por la seguridad de Hernández. Eso solamente significaba que o bien, ya había sido informado con detalle de lo que había pasado y ya estaría interrogando a la escolta nueva del senador o con la complicidad del propio Tinieblo, habían despachado a Hernández para achacárselo a la guerrilla.

Tuve un mal presentimiento y aprovechando unos salvoconductos especiales que nos dieron desde la reincorporación a los servicios de inteligencia, me dirigí a la residencia de Marcela para alertarla y traerla bajo mi protección a mi apartamento.

Cuando llegué muy demorado, identificándome con todos los retenes, un enorme camión repleto de carabineros acordonaba la cuadra, impidiéndome el paso y pude ver a Tinieblo luciendo un camuflado, subir a su carro personal a tres mujeres prisioneras a medio vestir, descalzas, encapuchadas y esposadas. El soldado que me cerraba el paso dijo:

-Ya casi terminamos colega, agarramos a tres peligrosas guerrilleras. Les encontramos armamento y otras pruebas que las incriminan.

Entre el grupo de apoyo, que andaba con Tinieblo, distinguí sin dificultad, como un verdadero cuadrúpedo con sus orejas agachadas y el rabo entre las patas, al soplón del perro. No me extrañaría que este drogadicto infeliz, me hubiera seguido la primera vez hasta aquí, sin yo darme cuenta y le hubiera pasado el dato a mi jefe.

Tinieblo partió sin demora con su chofer y no me atreví a gritarle que yo acababa de llegar. La suerte de Marcela ya estaba echada, sentí pena. Con las notas de mi libreta y la foto ahora confiscadas, le había cavado sin proponérmelo la tumba a la amiga de mi hermana. Aunque pensándolo bien, fueron sus malas amistades. Eso explicaba, que fue ella, a quien encontré haciendo terrorismo telefónico y seguramente la que estuvo involucrada en el robo al coro de la iglesia. Por la estatura y las caderas, deduzco que una de ellas seguramente es Marcela, pero ¿quiénes pueden ser las otras dos mujeres?

Javier Amaya

Con gran expectativa, Martín leyó con claridad el titular del periódico: "SE RATIFICAN Y FORTALECEN LAS INSTITUCIONES EN EL PAIS", queriendo decir con ello, que no habría golpe de estado como lo pedía a gritos el general Contreras o que Estados Unidos, ocupado con otros dolores de cabeza en varias partes del mundo, no apostaría un dólar por una dictadura, a pesar de la toma de la embajada suiza, la amenaza a su propio embajador, o el supuesto secuestro y ejecución del senador Hernández que le achacaban a la guerrilla. Martín sobre lo último, de buena fuente sabía que era falso. Al vejete que se sentía extranjero y superior, no lo masticaban, por arrodillado y por conservador, pero no lo odiaban tanto como para querer matarlo.

Martín abandonó su casa materna muy tarde en la noche, cuando empezó a notar personas extrañas en el vecindario y cuando al menos, siete allanamientos de madrugada ya habían alcanzado a

algunos conocidos suyos, incluyendo simpatizantes
de la guerrilla, que no estaban directamente
involucrados.

Antes de partir, para la nueva casa de un tío
que no hacía preguntas, alcanzó a recibir una carta
de Eva desde el campamento sur, donde le decía
que el ambiente allá andaba muy pesado porque
ahora se sospechaba que el inflexible comandante
Lucas, andaba traficando con cocaína y que el mando
central de la guerrilla en verdad sospechaba que
fuera un infiltrado. Aprovechando una de sus salidas
misteriosas, el mando central, había ordenado
apresar al séquito de confianza de Lucas. Los tenían
amarrados y uno ya había empezado a cantar,
sobre sus verdaderas andanzas. Eva le advertía,
que mientras encontraban a Lucas y se aclaraba el
enredo, toda la red urbana, o al menos quienes desde
la ciudad habían visitado el campamento, estaban en
serio peligro, en caso que Lucas fuera un infiltrado
de la guardia nacional. La única nota positiva de la
carta, era la despedida donde Eva le decía: "No se te
olvide, que cuentas conmigo para lo que sea."

Llamó por teléfono a la madre dos semanas
después de mudarse y ella le dijo, que una tal
Ramona lo buscaba con gran urgencia. Martín no
quiso comunicarse con Ramona, ni visitar los sitios
de intercambio de correo o contactar a alguno de
sus emisarios y comenzó de deshacerse de cualquier
evidencia que lo vinculara con las redes urbanas
del ERP. Lo que le costaba trabajo abandonar, era

la pistola italiana tan reluciente que había recibido de manos de Ramona, como recuerdo de haber ingresado en los comandos urbanos.

Pero ahora se sentía traicionado, ya no podía confiar en nadie y al no reportarse con Ramona empezarían a sospechar que era un desertor y tal vez peor, de pronto pensarían que era un infiltrado, que casi siempre significaba ejecución en el acto, como a los infortunados desertores del campamento. Un primo suyo, le contó haber escuchado unos hombres, preguntarlo al dependiente del bar "La muerte", sin poder saber a qué bando pertenecían.

Si Lucas, fuera un traficante o de verdad un infiltrado enemigo, o las dos cosas, no iba arriesgar más su vida por gente así, ni tampoco por gente como Ramona, que había mordido el anzuelo de sacar su crueldad a flote, para demostrar que ella también podía ejercer el poder y la barbarie. En ese complicado ajedrez de lucha por poder y ahora por coca, no era fácil distinguir quiénes eran los aliados y quiénes eran los enemigos. Su mundo idealista se derrumbaba.

Ahora entendía, que si su país no había optado por un cambio revolucionario no era por falta de armas, armas sobraban y también gente dispuesta a dispararlas. Las armas y la muerte se habían hecho tan cotidianas, que la gente luego de mucho llorar, comenzaba lastimosamente a tornarse insensible, como si los asesinatos fueran actos normales y predestinados.

Lo que faltaba para un cambio social profundo eran voluntades, gentes concientes de su destino, ciudadanos con la esperanza de un país y un mundo mejor, que se hubieran cansado de verdad del engaño, la mediocridad y el robo de los políticos y los militares.

Tampoco era, que no hubiera suficiente humillación, miseria y penurias, que se creía, provocan los estallidos sociales y la revolución hasta de forma espontánea. De ser así, la India o Haití, habrían optado por una revolución primero que nadie, cosa que hasta la fecha no ocurría.

Con métodos moral y éticamente reprochables, los llamados jefes revolucionarios del ERP, subastaban las esperanzas del pueblo por un cambio, por una vida mejor. Salpicados por la ambición al dinero y el poder, sin importar lo que afirmaran de dientes para afuera, tampoco parecían interesados en poner fin al conflicto, incluso si negociaran una salida política a la toma de la embajada. Mucho menos, si el narcotráfico se convertía en otro de sus negocios, con el manido cuento que "por la revolución todo se vale."

En el nuevo teatro de la política, droga y dinero, la continuación de la guerra parecía favorecerles antes que perjudicarles. El gobierno vendido y arrodillado al imperio por su parte, actuaba exactamente igual, al no querer negociar el conflicto interno, con tal de no renunciar a las limosnas de los Estados Unidos.

Los actores del poder que buscaban reacomodarse en el gobierno, no tenían tampoco el más mínimo escrúpulo de cortar la cabeza a uno de los suyos, como el senador Hernández, achacándole el muerto a la izquierda para justificar un golpe de estado, que en últimas, no dependía de ellos sino de la potencia del norte.

Martín se sintió acorralado. La época del romanticismo revolucionario había llegado a su fin y no sabía cómo salirse del problema. Al menos le servía de consuelo, saber que no habría golpe de estado por el momento, pero la represión militarista del gobierno no cedía y se ensañaba con gente inocente como contrapeso a la humillación latente de la embajada suiza. Martín perfectamente, podía terminar bajo esa maquinaria y ahora también, podía sucumbir a manos de los que habían sido sus camaradas en armas hasta hace muy poco. La deserción en la guerrilla, se pagaba con la vida.

Martín llegó a la conclusión, que cuando un mando militar cualquiera que sea, lleva con engaños a sus tropas a una guerra para beneficio personal, o comete las peores barbaridades con civiles, debe ser removido y llevado a juicio y cuando no sea posible, es apenas legítimo alzarse en rebelión o negarse a obedecer. Si un combatiente, no escucha los reclamos de su propia conciencia, se hace cómplice del corrupto, al aceptar caminar como un borrego, camino al matadero. Incluso la guerra, que no es otra cosa que hacer política sucia matando, debe seguir

unas reglas mínimas de conducta. El más feroz de los
matones, puede guardar un poco de decencia.

La gente del directorio revolucionario DRO,
tampoco era una tabla de salvación. Los jefes
del directorio, eran convidados de piedra en los
escándalos de corrupción dentro de la guerrilla de
sus simpatías y peor todavía, optaban mirar para
otro lado y no tener que terciar en las discusiones.
En la Asamblea Nacional, el día del funeral del
senador asesinado, se empezaba a rumorar una
resolución de condena orquestada por la derecha
para este partido desarmado y una petición al
presidente de declararlo ilegal, para darles la última
estocada. Los miembros del directorio ya tenían sus
propios problemas y muchos de sus afiliados de base,
empezaban a aparecer asesinados y como carne de
cañón, pagaban así su simpatía por la guerrilla y la
sed carnicera de la ultra-derecha y los militares, sin
que nadie saliera en su defensa.

La planeada alianza del directorio DRO con
Fabio, el yerno del traficante Emilio Marulanda, saltó
públicamente en añicos por órdenes de los militares.
En los periódicos, Fabio se había limitado a decir
que con los recursos y los votos propios podía salir
elegido sin aliarse con la izquierda. Martín tratando
de analizar el complicado rompecabezas, comenzó
a fumar y a botar el humo con la mirada perdida,
cuando recordó que tenía dinero de la guerrilla,
equivalente al salario básico de dos meses y sin
pensarlo mucho, decidió gastarlo para intentar salvar
su vida.

Cansado de las largas elucubraciones filosóficas, Martín se acordó del dado del abuelo que consideraba mágico y premonitorio. Lo lanzó dos veces: seis y seis, el desenlace auguraba positivo y se sintió más seguro. Seguidamente respiró profundo y apagó el cigarrillo, cuando apenas lo llevaba a la mitad.

Esperé a que amaneciera y me dediqué a buscar en los calabozos de los carabineros, la guardia nacional y los servicios de inteligencia a las tres mujeres que ya estarían reseñadas y tal vez deshechas por sus verdugos. Yo me iba a limitar a enterarme de su situación y averiguar qué podía hacer por ellas. No quise buscar a mi hermana, para no alarmarla, ni mucho menos que se viera enredada, pero tal vez ella podía encontrar otros buenos abogados que sacaran al menos a Marcela, del lío en que se había metido.

Empecé por las sedes de la inteligencia y la guardia nacional, y nadie me dio razón. Tinieblo no aparecía y con la excusa de reportarme, lo llamé a todos sus números sin éxito, apenas pude dejarle mensaje que lo andaba buscando. Conociéndole sus gustos, hasta pensé, que se las había llevado a la hacienda del vicio de Marulanda.

El fusil para qué

- Por aquí no ha venido en más de dos semanas, me dijo el encargado.

Dónde se pudo haber metido el desgraciado, con tres mujeres encapuchadas y esposadas, sin llamar la atención o provocar un alboroto. Solamente me quedaban los calabozos de los carabineros, donde generalmente llevaban los delincuentes callejeros, las prostitutas y los casos livianos.

Me hicieron esperar como diez minutos, más de lo acostumbrado. Finalmente vino el oficial del turno de la noche y leyó mi credencial en voz alta antes de devolverla:

-Ortiz – Trujillo - Ernesto, oficial de inteligencia...no le puedo asegurar que tengamos las mismas sospechosas que usted dice buscar...

¿Pero tienen a alguien, ya las interrogaron? Yo puedo ayudar, yo les empecé un seguimiento, le dije.

-No va a hacer falta, ya no van a declarar nada. Siga y lo comprueba usted mismo.

Descendí al sótano maloliente del edificio donde se mezclaba el hedor a orines, a mugre acumulada y excremento, pero en vez de dirigirme a las celdas, me llevaron directamente a la morgue.

- Las recogieron por la autopista al mar, casi

136

descuartizadas y sin documentos. Los forenses todavía no saben exactamente quiénes son, tal vez usted nos ayude.

Apenas me iban a dejar ver sus rostros. Estaban cubiertas con una sábana sucia y por poco vomito ahí mismo. Todavía sin asearlas, con las caras embarradas y la sangre ya seca, me encontré con el cuadro que nunca quise imaginar: Gertrudis la putita, Marcela... y mi hermana Jimena. Sentí que me caía al vacío y disimulé mi asombro. Imaginé la reacción de mi papá y recordé cuando todavía niños jugábamos juntos, sentí los ojos vidriosos que nadie notó, por la falta de iluminación. Las observé detenidamente, una por una, para no equivocarme. Yo sé donde encontrarte, Tinieblo gran hijo de puta... ni el demonio de los infiernos te va a salvar esta vez. Vas a ver, lo que es capaz de hacer un "huevo tibio". Así sea lo último, pensé.

-¿Son las que buscaba oficial?

No, le dije casi faltándome la voz como si me fuera a ahogar. Una se parece, pero no es. Yo sigo buscando.

Martín se cambió de residencia una
vez más, con otra familia recomendada por su tío.
Recibió poco antes, una nueva carta de Eva donde le
decía que el comandante Lucas, se le conocía en el
mundo de la venta de drogas como Luís Castañeda
y que lo andaban buscando, luego de esfumarse con
casi todo el dinero de la organización. La vida de
Martín, de Ramona y los enlaces urbanos corrían
más peligro que nunca, en caso que Lu-Cas o Luís
Castañeda, los delataran a la guardia. Eva le decía,
que fuera hasta un caserío llamado "Puerto Pobre",
en límites con un resguardo indígena, a dos días de
camino al oriente del campamento guerrillero, donde
ella sola, lo estaría aguardando. Ella lo esperaría
en el sitio entre el dos y el cuatro de marzo a que él
llegara, ya que no tendrían forma de comunicarse
por carta, ni mucho menos por teléfono.

Le contaba también en la carta, que Jacinto
su hermano, bajo la mira del "águila brillante"

había perdido la vida y que ella se quedaba sola, sin aliciente de continuar "trabajando". Martín entendió, que hablaba de un helicóptero artillado, que seguramente lo había fulminado en un combate y que Eva, estaba decidida a abandonar la guerrilla.

El mismo día que llegara la carta, Martín estupefacto, encontró en el periódico en la página judicial, la foto de Ramona, junto a Eloísa su compañera sentimental y a Gertrudis, la bailarina, bajo otros nombres que nunca había escuchado. La nota decía, que al parecer criminales comunes y corrientes habían acuchillado a las víctimas, dos abogadas y la otra mujer, probablemente una cliente. Al parecer, el motivo era robarlas, en el apartamento de una de ellas y que no había pistas de posibles sospechosos.

La nota cerraba diciendo, que en la familia de Jimena Ortiz, el luto debía ser más devastador, cuando su hermano Ernesto Ortiz, también había sido encontrado balaceado junto a un ex-oficial de inteligencia que había sido su jefe, al otro extremo de la ciudad. Tampoco tenían pista alguna, de los posibles responsables. Estas muertes inexplicables y aparentemente aisladas, habían ocurrido en menos de cuarenta y ocho horas.

Martín dedujo de inmediato, que para tomar de sorpresa a Ramona y Eloísa, se necesitaba mucho más que unos ladrones hambrientos. Seguramente habían sido detectadas. El gobierno las había ejecutado con certeza y como era su costumbre, no iba asumir la responsabilidad de sus muertes. Le llamó la atención especialmente, que un hermano de Ramona, hubiera pertenecido a la inteligencia de la guardia nacional y que también acabara muerto violentamente. Esto se acabó, pensó Martín y se estremeció pensando que a pesar de su juventud, su mente y sus recuerdos empezaban a llenarse de imágenes de personas muertas. De sueños truncados, de gente inocente que había sucumbido en el cruce de las balas, de juventud quebrada de una vez y para siempre. Entonces, ¿por qué seguía vivo y para qué? Si la revolución que tantos buscaban, tenía un costo en vidas tan alto, ya no estaba seguro que valiera la pena.

Se reunió varias veces con ex - guerrilleros de otro grupo desmovilizado, que estaban amnistiados, para que lo ayudaran a salir del país. Aceptaron auxiliarlo porque lo conocían, desde que asistía a clases en la universidad. Como venían haciendo trámites semejantes para mucha de su gente, que tampoco podía quedarse, era cuestión de darle los contactos adecuados. El único problema, era que el país de asilo que aceptaba recibirlo, no se responsabilizaba de su seguridad mientras estuviera allí y era casi imposible salir por los aeropuertos, sin ser detenido. Aunque fuera difícil de aceptar y de entender, el país que estaba dispuesto a acoger a los perseguidos y refugiados políticos, no estaba interesado en poner en riesgo sus inversiones y aparente buena amistad, con ese país latinoamericano.

El fusil para qué

Estudiaron varias opciones de salida, incluyendo los dos puertos marítimos más importantes, pero los descartaron. Pensaron en comprarle un pasaporte falso, pero también eliminaron la posibilidad, porque los riesgos tal vez serían mayores.

Quedaba una solución probable, intentar salir del país por tierra, cruzando la frontera de la selva oriental hacia el país vecino, sin ser detenido. A tres días de recorrido desde el cruce, debía llegar hasta la ciudad de Río Blanco. Allí se presentarían, en el consulado de un país escandinavo que lo esperaba. Una vez allí, el consulado se hacía cargo, le daría documentos de viaje para volar a Europa. Martín optó por esa peligrosa y larga travesía, recordando que Eva lo invitaba a encontrarse con ella en un caserío del sur, el dos de marzo y de tener suerte y de no encontrarse con sus propios ex –compañeros poder salir. Tal vez Eva, ahora sin su hermano, quisiera irse con él, si en verdad lo amaba. No tenía nada que ofrecerle, pero la amaba y estando vivos, tal vez podían formar un hogar muy lejos de la guerra.

Pero su paranoia iba en aumento, creía ver policías, soplones o guerrilleros en todas las esquinas, aunque no lo fueran. Incluso le pasó por la mente, la idea extrema que Eva le estuviera fingiendo su amor, citándolo a reunirse con ella, solamente para entregarlo por deserción. Pero quién ganaría con eso y además, los recuerdos de sus entregas amorosas no debían ser fingidas. Martín en esos días, se había sentido amado.

Tomó el dado del abuelo, pero en vez de leer
sus números y hacer el acostumbrado juego, lo tiró
a la basura. Lo venía pensando por varios días. Ni
los dados, ni las cartas, ni las bolas de cristal en
verdad anticipan, ni rebelan nada, son supersticiones
pendejas, pensó. Llegó a la conclusión, que su
inseguridad lo llevaba a desear ciertos resultados con
todas sus fuerzas. Pero el abuelo en su tumba, nada
podía hacer por Preciado, ni por él, ni por nadie.
Es ahora o nunca, resolvió sin más aplazamientos
y estando en la última semana de febrero, no
podía seguir dudando. Dejando una carta breve
de despedida para la madre, sin muchos detalles,
Martín se dispuso a viajar a Puerto Pobre.

Cuando el transporte colectivo se puso en
marcha para salir de Barrancal, Martín sintió
una profunda nostalgia que le hizo un nudo en la
garganta y le humedeció los ojos. Recordó los barrios
de su infancia, su padre fallecido, la escuela, sus
amigos de la universidad, sus inicios en el grupo
rebelde, los amigos y conocidos muertos y a su
madre abnegada y sabia, que se quedaba atrás sin
poder despedirla, como lo hace la mayoría de la
gente y convencido, que no volvería a verla por largo
tiempo.

En el último retén de la ciudad, un guardia
ordenó que se bajaran del colectivo todos los
hombres con la cartilla militar en la mano. Martín
presentó la suya y le dijeron que como le faltaba el
último sello de renovación, comprara baterías de

linterna como multa, o no lo dejaban seguir el viaje. Otros tres pasajeros hicieron lo mismo. Por suerte, la guardia se limitó a requisar por armas pero no investigaron más y el colectivo de pasajeros continuó sin contratiempos.

Eva y Martín, se reunieron en el sitio escogido. Martín le explicó a Eva sus planes de dejar el país para salvar la vida y la muchacha, le respondió que ella ya lo presentía luego de la muerte de Ramona y la deserción de "plátano frito". Como consecuencia y aunque pareciera un absurdo, los guerrilleros y sus simpatizantes mejor protegidos, eran los de la selva; porque los de las ciudades y todos los que hubieran visitado el campamento, se habían convertido en objetivos de tiro al blanco para los militares.

Para ganar tiempo y por su iniciativa, ella había contratado un guía indígena de confianza que le debía un favor y los podía llevar hasta la frontera, evitando encontrarse con algún grupo guerrillero o una patrulla de la guardia nacional.

Decidieron empacar muy pocas cosas, el peso excesivo sería su peor enemigo durante la dura caminata que los esperaba y tendrían que botarlo casi todo, dejando inevitablemente muchos rastros. Cuando en el campamento notaran, que Eva no regresaba en el plazo convenido, a lo mejor saldrían también a buscarla y por eso había que apurar el paso. Apenas llevarían unas buenas botas, con qué cambiarse de ropa y lo demás, serían papeles con nombres, teléfonos y datos. Lo envolverían todo, en varios plásticos para que no se mojaran. El resto, sería un poco de comida, un reloj de pulso, algo de dinero.

-De ahora en adelante, me llamarás Preciado, que es mi verdadero y único nombre. Eva le contestó que por su parte, ella no recordaba haber tenido un nombre distinto.

Para animarla y justificar su salida, Preciado le explicaba a Eva sus razones:

-Aquí queda sepultado Martín Villegas, junto con su inocencia. Nuestro error fue creer que el ejemplo de Cuba, era simplemente cuestión de copiarlo en nuestros países. El error de Cuba, es haberse creído el cuento del "foco guerrillero", pero hasta ahí. Cuba nunca nos impuso los gobiernos oprobiosos de hambre y metralla para el pueblo, ni los políticos vende-patria y ladrones que engañan a la gente. Cuba nunca vino a robarse los impuestos, que debían invertirse en aliviar las necesidades de los más pobres. Ha sido el imperio del norte, el que siempre respaldó sin condiciones la podredumbre de nuestro sistema político. Si los líderes cubanos, le dan la espalda y traicionan a su propio pueblo, deberán responder a su gente por sus desaciertos.

- En lo que respecta a nuestro país, no creo que cambie, mientras sus ciudadanos acepten resignados, la suerte que les han impuesto los políticos y militares corruptos y una guerrilla fanática, y todos, tocados por igual del narcotráfico. Por años, como si se hubieran puesto de acuerdo, le vienen matando la esperanza a nuestro país.

-Quien no haya vivido lo que nosotros, no tiene ninguna autoridad para señalarnos, ni mucho menos tiene derecho a abogar por una lucha armada estéril, cuando nunca han dejado la comodidad de su casa o de su escritorio.

-Tienes razón, es que los toros siempre se ven mejor desde la barrera, apuntó Eva.

Ella le explicó, que aceptaba acompañarlo porque lo quería, porque los dos estaban decididos a salvar sus vidas y porque los dos estaban tan solos y necesitaban darse apoyo.

- El otro día, dijo Eva, soñé que había encontrado a mi hermanita, la que perdimos en el páramo y que teníamos tú y yo una casa pequeña, pero limpia, en lo alto de la montaña, con dos hijos preciosos. Que teníamos cultivos, un jardín y varios animales. El jardín, era igual al que tenía mi abuela Juanita, quien sembraba con mucho orgullo, agapantos, azaleas, rosas, alelíes, begonias, tulipanes y muchas otras flores. Yo sé, que esas ideas, nada tienen que ver con las promesas de los jefes revolucionarios, de vivir en haciendas colectivas o trabajar en fábricas del estado y cosas de esas, pero en el sueño, yo me sentía feliz. Abandonar mi país,

por amargo que haya sido, es lo que menos anhelo.
Pero esta guerra infame y sucia, puede acabar con
todos y siento, que para nosotros la lucha armada
ya terminó. Tiene que haber otra forma de vivir,
donde todo no tiene que ser matar o morir. Aunque
uno tenga juventud, esté lleno de energía y ganas
de pelear, llega un momento en que uno se cansa.
Viviendo siempre al acecho, siempre a la defensiva.
A mi me gustaría haber terminado la escuela, que por
tanto tiempo me estuvo negada. En lo que respecta
a mis padres, ellos saben que todos estamos mejor
protegidos, manteniéndome a distancia. Luego que
fuimos Jacinto y yo a visitarlos, haciendo muchas
peripecias, unos carabineros vestidos de civil, fueron
a verlos después para interrogarlos.

- ¿A qué lugar, es que vamos?, preguntó Eva.

- A un país muy lejano que apenas imagino cómo
es, contestó Preciado.

- ¿Y tienen una selva?, preguntó ella, como
queriendo saber si encontraría otros alicientes para
su vida, por fuera de lo que hasta ahora había sido su
entorno.

- Selva no, según he leído, pero muchos
bosques sí, aclaró Preciado. En ese país, tal vez
siempre seamos extranjeros entre esa gente,
aunque nos permitan la entrada. Si tenemos suerte,
aprenderemos a hablar su lengua, aunque sonará
diferente. Sin importar el tiempo que vivamos entre

ellos, nos verán siempre como foráneos y habrá
noches en que la agonía por la tierra lejana, nos
querrá matar. Pero mientras estemos vivos, habrá
esperanza de un posible regreso.

- Yo nunca he tenido nada de valor, más de
lo que llevo puesto, dijo Eva. Mi mamá decía
que los nómadas no necesitamos mucho, tal vez
recordando los tiempos de las operaciones militares
que finalmente los obligó a vivir en la miseria de
la ciudad. Pero quisiera llevarme un recuerdo de
mi hermano. Un radio transistor, que él me regaló
cuando me aceptaron en la guerrilla y pude portar
un arma. Ese radio, era nuestra ventana al resto del
mundo. Después de trabajar y asistir a las clases de
doctrina política, cuando podíamos, escuchábamos
noticias, música y dejábamos volar la imaginación,
pensando cómo era todo, más allá de la selva. Jacinto
me lo regaló, coincidiendo con el día que cumplí
años.

Al día siguiente y con el despunte del sol, llegó
el indígena a la hora acordada, con tres caballos
listos con sus sillas de montar. Cargaron lo poco que
habían convenido y antes de partir, Eva pensando
que faltaba algo, le preguntó a Preciado:

-¿Y la pistola que tanto te gustaba?

-La pistola para qué... la desbaraté y rompí
completamente y la tiré a la basura, donde nunca

nadie la pueda usar, dijo él. Yo nací desarmado y desarmado me habré de morir.